Aguafuertes Cariocas

Por

Roberto Arlt

Con el pie en el estribo

(Sábado 8 de marzo de 1930)

Me rajo, queridos lectores. Me rajo del diario… mejor dicho, de Buenos Aires. Me rajo para el Uruguay, para Brasil, para las Guyanas, para Colombia, me rajo…

Continuaré enviando notas. No lloren, por favor, ¡no! No se emocionen. Seguiré alacraneando a mis prójimos y charlando con ustedes. Iré al Uruguay, la París de Sud América, iré a Río de Janeiro, donde hay cada menina que da calor; iré a las Guyanas, a visitar a los presidiarios franceses, la flor y crema del patíbulo de ultramar. Escribo y mi cuore me late aceleradamente. No doy con los términos adecuados. Me rajo indefectiblemente.

¡Qué emoción!

Hace una purretada de días que ando como azonzado. No doy pie con bola. Lo único que se aparece ante mis ojos es la pasarela de un piccolo navío. ¡Yo a bordo!

¡Me caigo y me levanto! ¡Uy, dió! Si me acuerdo de mis tiempos turros, de las vagancias, de los días que dormí en las comisarías, de las noches, entendámonos, de los viajes en segunda, del horario de ocho horas cuando laburaba de dependiente de librería; del horario de doce y catorce horas, también, en otro boliche. Me acuerdo de cuando fui aprendiz de hojalatero, de cuando vendía papel y era corredor de artículos de almacén; me acuerdo de cuando fui cobrador (los cobradores me enviaron un día una felicitación colectiva). ¿Qué trabajo maldito no habré hecho yo? Me acuerdo de cuando tuve un horno de ladrillos; de cuando fui subagente de Ford, ¿qué trabajo maldito no habré hecho yo? Y ahora, a los veinte y nueve años, después de seiscientos días de escribir notas, mi gran director me dice:

—Andá a vagar un poco. Entretenete, hacé notas de viaje.

Bueno. El caso es que he trabajado. Sin vueltas. La he yugado cotidianamente, sin un domingo de descanso. Cierto es que mi trabajo dura exactamente treinta minutos, y que luego me mando a mudar a tomar fresco. Pero eso no impide que baile en cuatro pies.

¡Conocer y escribir sobre la vida y la gente rara de las Repúblicas del norte de SudAmérica! Digan, francamente, ¿no es una papa y una lotería?

Dos trajes, nada más

Ustedes me dirán qué programa tengo. No tengo ningún programa, no llevo ninguna guía. Lo único que llevo en mi valija son dos trajes. Un traje para tratar con personas decentes y otro hecho pedazos, con un par de alpargatas y una gorra desencuadernada.

Pienso mezclarme y convivir con la gente del bajo fondo que infesta los pueblos de ultramar. Conocer los rincones más sombríos y más desesperados de las ciudades que duermen bajo el sol del trópico. Pienso hablarles a ustedes de la vida en las playas cariocas; de las muchachas que hablan un español estupendo y un portugués musical. De los negros que tienen sus barrios especiales, de los argentinos fantásticos que andan huidos por el Brasil; de los revolucionarios de incógnito. ¡Qué multitud de temas para notas en ese viaje maravilloso que me hace escribir en la Underwood de tal manera que hasta la mesa tiembla bajo la trepidación de las teclas!

¡Viajar… viajar…!

¿Cuáles de nosotros, muchachos porteños, no tenemos ese sueño? ¡Viajar! Conocer cielos nuevos, ciudades sorprendentes, gente que nos pregunte, con una escondida admiración:

—¿Usted es argentino? ¿Argentino de Buenos Aires? Ustedes saben perfectamente cómo soy yo. No me caso con nadie. Digo la verdad. Bueno: iré a ver esos países, sin prejuicios de patriotismo, sin necesidad de hablar bien para captarme la simpatía de la gente. Seré un desconocido, que en ciertas horas va bien vestido y en otras parece un atorrante, mezclado con los cargadores de los puertos. Trataré de internarme en la selva brasileña. Conoceré ese maravilloso bosque tropical que es todo luz, vida y color. Mandaré mis notas por correo aéreo. Digo que el corazón me late más rápido que nunca. ¡Lejos, lejos, lejos!

Y esta ciudad

Donde vaya me llevaré la visión de esta ciudad. Donde esté siempre sabré, como lo sé ahora, que miles y miles de amigos invisibles, siguen mi trabajo con sonrisa cordial. Que en el tren, el tranvía o la oficina, entreabrirán el diario pensando:

—¿Qué noticias nuevas mandará ese vago?

Porque me honro y enorgullezco de pertenecer a la gran cofradía de los vagos, de los soñadores que trotan por el mundo y que les proporcionan a sus semejantes, sin trabajo ninguno, los medios de ir de un rincón a otro, con el único pasaje de cinco o diez centavos y el boleto de un artículo, a veces bien y a veces mal escrito…

¡Saraca! ¡Victoria! ¡Abandono la noria! Van a ver ustedes qué notas les enviaré… (se me va la mano… como siga en este tren, terminaré por escribir una macana). No llevo guías ni planos con cotas de nivel, ni libros informativos, ni geografías, ni estadísticas, ni listas de personajes famosos. Únicamente llevo, como introductor magnífico para el vivir, dos trajes, uno para codearme con la gente decente, otro roto y sucio, el mejor pasaporte para poder introducirme en el mundo subterráneo de las ciudades que tienen barrios exóticos. Felicidad, grandes amigos.

Ya estamos en Río de Janeiro

(Miércoles 2 de abril de 1930)

—Vea la tierra brasileña —me dijo el médico que había sido mi compañero a bordo.

Y miré. Y lo único que vi fueron, a lo lejos, unas sombras azuladas, altas, que parecían nubes. Y, mareado, volví a meterme en mi camarote.

Dos horas después

En medio de un mar oscuro y violáceo, conos de piedra de base rosa-lava, pelados como calveros en ciertas partes, cubiertos de terciopelo verde en otras, y una palmera en la punta. Bandadas de palomas de mar revoloteaban en torno.

Un semicírculo de montañas, que parecen espectrales, livianas como aluminio azul, crestadas delicadamente por un bordado verde. El agua ondula aceitosidades de color sauce; en otras, junto a los peñascos rosas, tiene reflejos de vino aguado. Algunas nubes como velos de color naranja envuelven una sierra jorobada: el Corcovado. Y más lejos, cúpulas de porcelana celeste, dados rojos, cubos blancos: ¡Río de Janeiro! Una calle fría y larga al pie de la montaña: el paseo de Beira Mar.

Todo el paisaje es liviano y remoto (aunque cercano) como la substancia de un sueño. Sólo el agua del océano, que tiene una realidad maciza, lame el hierro de la nave y se pega en flecos a los flancos, insistente, y en el anfiteatro de montañas, sobre las que se levantan lisas murallas destrozadas de montes más distantes, se agrisa sobre casitas cúbicas que son el vértice de los conos. Dados blancos, escarlatas, luego el barco vira y aparece un fuerte, igual a una enorme ostra de pizarra que flota en el agua. Sus cañones apuntan a la ciudad; más allá naves de guerra pintadas de azul piedra; banderas verdes, diques, agua mansa color polvo de tierra; una lancha cargada de pirámides de bananas, un negro cubierto de un birrete blanco que rema apoyando los pies en el fondo de la chalupa, minaretes de porcelana, torres lisas, campanarios, acueductos, tranvías verde ciprés, que resbalan por la altura de un cerro. Una calle, sobre el techado de un barrio; en el fondo, un farallón de granito rojo. Casas de piedra suspendidas de la ladera de una montaña; chalets de techo de tejas a dos aguas, una profundidad asfaltada, negra como el betún, geométrica, nuestra Avenida de Mayo. Y arriba, montes verdes, crestas doradas de sol, cables de telégrafos, arcos voltaicos, luego todo se quiebra. Un potrero, dos galpones, una serie de arcos de mampostería que soportan en el ábside los pilares de una segundo piso de arcos. A través de los arcos se distinguen callejuelas empinadas, escaleras de piedra en zig zag. Súbitamente cambia la decoración y es el frente esponjoso de un cerro, dos alambres carriles, un pájaro de acero que se desliza de arriba abajo en un ángulo de sesenta grados, y la perfecta curva de una bandeja de agua...

Parece que se puede estirar el brazo y tocar con la punta de los dedos la montaña perpendicular a la ciudad escalonada en los diversos morros.

Porque la ciudad baja y sube, aquí en lo profundo, una calle, luego, cien metros más arriba, otra; un callejón, un socavón, calveros y altozanos de color pasto, con caries rojizas y mirando a un abismo que no existe. Ventanitas rectangulares de tablas; un bosque de tamarindos, de árboles plumeros, de palmeras, y al costado gradinatas de adoquines, caminos abiertos en tierra color de chocolate, y perfectamente recta la Avenida de Río Branco, la Avenida de Mayo de Río, tan perfecta como la nuestra, con sus edificios pintados de color rosa, de color cacao, de color ladrillo, entoldados verdes, pasajes sombríos, árboles en las aceras, calles empapadas de sol de oro, toldos escarlatas, blancos, azules, ocres, ruas oblicuas, ascendentes, mujeres...

Negros; negros de camiseta roja y pantalón blanco. Una camiseta roja que avanza movida por un cuerpo invisible; un pantalón blanco movido por unas piernas invisibles. Se mira y de pronto una dentadura de sandía en un trozo de carbón chato, con labios rojos...

Mujeres, cuerpos turgentes envueltos en tules; tules de color lila velando mujeres de color cobre, de color bronce, de color nácar, de color oro... Porque aquí las mujeres son de todos los colores y matices del prisma. Hay mujeres que tiran al tabaco rubio, otras al rimmel, y todas envueltas en tules, tules color de clavel y rosa. Tules, tules...

He dado un pálida idea de lo que es Río de Janeiro... el Diamante del Atlántico.

Costumbres cariocas

(Jueves 3 de abril de 1930)

Definiendo para siempre Río de Janeiro yo diría: una ciudad de gente decente. Una ciudad de gente bien nacida. Pobres y ricos.

Ejemplo

Me desperté temprano y salí a la calle. Todos los comercios estaban cerrados. Y, de pronto, me detuve sorprendido. En casi la mayoría de las puertas se veía una botella de leche y un envoltorio de pan. Pasaban negros descalzos para su trabajo; pasaba gente humilde... y yo miraba perplejo: en cada puerta una botella de leche, un envoltorio de pan...

Y nadie se alzaba con la botella de leche ni con el envoltorio de pan...

Estimado lector del subterráneo, del ómnibus, de la sobremesa, creo que usted levanta la vista y piensa: «¿Qué novela es la que hoy nos cuenta Arlt?».

He necesitado verlo para creerlo. He necesitado ver otras cosas para creerlas.

Otro ejemplo

En los tranvías no se despachan boletos. Cuando usted sube, el guarda o usted mismo tira de un cordón. En una espacie de reloj automático queda marcada la subida del pasajero mediante un número. Por ejemplo, el reloj acaba en el número 1000. Usted tira del cordón y queda indicado en el control el número 1001.

He subido a muchos tranvías. No he tirado el cordón pensando: «El guarda se queda con el importe del viaje». Me he equivocado groseramente. El guarda ha tirado del cordón por mí estando el tranvía lleno de gente y con un movimiento extraordinario.

El guarda no se acerca a cobrarle el boleto. Es usted el que lo llama. Veo nuevamente que usted levanta la vista y piensa: «¿Qué novela es la que me cuenta Arlt hoy?».

Y estamos en una ciudad de América del sur, querido amigo; a mil seiscientos kilómetros de Buenos Aires. Nada más.

Otro ejemplo

Once de la noche. Mujeres solas por la calle. Salen del cine. Muchachas solas. Suben al tranvía.

Barrios perdidos. Mujeres solas. Vuelven de cualquier parte. Nadie les dice nada. Caminan a medianoche en esta ciudad de ensueño con más seguridad que en Buenos Aires bajo el sol.

Yo no salgo de mi asombro. Pienso en Buenos Aires. Pienso en toda nuestra grosería. En nuestra enorme falta de respeto hacia la mujer y el niño.

Pienso en nuestra descortesía y no salgo de mi asombro. A mí, que me resulta tan fácil escribir, me faltan palabras, ahora. El paisaje, mañana o pasado lo describiré. Ha quedado relegado a último término en mi atención. Y ahora creo que también en la atención de ustedes. Sean sinceros. ¿Se justifican esas palabras con que definía Río de Janeiro como una ciudad de gente decente y bien nacida?

Otro ejemplo

Entro a un cinematógrafo y tarde, cuando la función ha comenzado. Una muchacha enlutada, jovencita, se acerca a mí y me conduce hasta la butaca.

Es una «libélula», o sea acomodadora.

Cuando salgo del cine, le pregunto a mi amigo:

—¿Y a estas muchachas no les pasa nada en la oscuridad?

—No… Las veces que ocurrió algo fue cuando algún porteño les faltó al respeto. (Discúlpenme, ando viajando para decir verdades y no para acariciarle el oído a mis lectores). Ya lo veo a usted largando el diario y pensando vaya a saber qué cosas inconcretas. A mí me ha pasado lo mismo, amigo, escribiendo esta nota. Me he detenido un momento en la máquina, diciéndome: «¿Qué puedo decir de estas asombrosas realidades?».

¿Se dan cuenta ustedes? Esto a mil seiscientos kilómetros de Buenos Aires. En la América del Sur.

Ciudad del respeto

Escribo bajo una extraña impresión: no saber si estoy bien despierto. Circulo por las calles y no encuentro mendigos; voy por barrios aparentemente facinerosos y donde miro sólo hallo esto: respeto por el prójimo.

Me siento en un café. Un desconocido se acerca, me pide una silla desocupada y luego se descubre. Entro a otro café. Una muchacha sola bebe su refresco de chocolate y a nadie le preocupa. Yo soy el único que la mira con insistencia; es decir, soy el único maleducado que hay allí.

De todo un poco

(Viernes 4 de abril de 1930)

Este país es una papa para vivir con moneda argentina. Los precios de cierta mercadería sorprenden. Por ejemplo, usted con un peso moneda nacional no hace ni medio en la urbe. Está en la vía, ¿no es así? ¿Para qué alcanza un peso? Para el tranvía, ¿no es así? Y tres centavos, ¿para qué sirven? Para nada. Usted me dirá cómo es que de un mango he bajado a tres modestísimas guitas, guitas que existen teóricamente, porque el cobre no corre y sólo en estampillas le darán tres centavos.

He descendido de un peso a tres centavos, porque tres centavos en este bendito país tienen por nombre «testón» y con un testón usted se da una buena vuelta de ruas en tranvía. Percátese. Con tres chirolas.

Y el feca… el café negro… seis centavos… y sin propina, porque con café ni el mismísimo Presidente de los Estados Unidos del Brasil daría propina. ¿De qué viven los mozos? Ignoro. Lo único que puedo asegurarle es que no existe aquí ni sombra de Partido Socialista y los comunistas suman un partido de escasísimas personas, a las que la policía persigue concienzudamente.

Precios

Tranvía, según las distancias, 3, 6, 9 y 12 centavos. Con 12 centavos recorre diez kilómetros.

Lustrarse los botines, 8 centavos.

Refresco de caña, un jugo precioso y estomacal, vaso grande, 9 centavos.

Café con leche, pan y manteca, 18 centavos.

Caja de fósforos, 3 centavos.

Sandwiches de jamón, 6 centavos.

Chopp de cerveza sin agua ni alcohol, 18 centavos.

Cigarrillos, ¡y qué tabaco!, 18 centavos un paquete de veinte cigarrillos y no de hoja de papa o repollo como el que fumamos nosotros.

Una comida de tres platos, postre, que en Buenos Aires pagamos dos pesos; cincuenta centavos. Concurren familias a estos restaurantes.

Sorbetes y refrescos

El idioma portugués, hay que oírla conversar a una menina, es de lo más delicioso que puede concebirse. Es un parlamento hecho para boca de mujer, nada más.

Pues con los sorbetes y refrescos ocurre lo mismo. Precio general de 18 a 35 centavos… y por 18 a 35 centavos le sirven a usted un refresco que es tan delicioso como una boca de menina hablando portugués.

El sibaritismo brasileño, la voluptuosidad portuguesa y negra, ha inventado sorbetes que son un poema de perfume, color y sabor.

Por ejemplo, soda de chocolate. La soda de chocolate se sirve en un vaso que contiene cerca de medio litro de espuma de chocolate semihelada, ligeramente ácida. Medio litro, casi, de crema de chocolate batida con soda, 35 centavos. Usted se manda a bodega un sorbete de estos y a medida que paladea la espuma de color cacao, perfumada de jazmín, siente que el trópico se le derrite en la sangre.

Y el sorbete de coco. Lo sirven en un vaso como de beber champagne (35 guitas), una esfera blanca como… (me salió una metáfora atrevida… imagínese usted el cómo…) y que tiene un perfume ligeramente acídulo. Es leche de coco congelada. Helado para el paladar de una menina. Usted en las primeras cucharadas no percibe ningún sabor; luego, como si sus entrañas estuvieran saturadas de limón, de adentro usted siente que le surge hacia la boca un sabor de naranja, de limón, en fin, llega a mirar sorprendido en torno suyo y piensa: ¿no me habrán dado un veneno delicioso?

Y la crema de abacate. Antes de tomarla hay que hacerse la señal de la cruz, debe haberla inventado el demonio para producir sueños voluptuosos. Se sirve en vaso, igual que el vino en el cáliz dentro de los templos. Es verde, semejante a un puré de guisantes. Un tenue perfume de glándulas humanas se desprende de ella.

La primera sensación al gustarla causa repugnancia, luego usted piensa que sólo Satanás pudo haber inventado ese mejunje y cucharada tras cucharada va sumergiéndose en este estremecimiento.

Es como aceite helado y fragante que llega a nuestras vísceras más profundas. Aquella sensación de repugnancia del principio se ha convertido ahora en una caricia obscura, que marea ligeramente, igual que si se encontrara en la cubierta de una nave o de otro modo, cuando un ascensor que baja rápidamente se detiene. Dije que debe haberla inventado el diablo porque produce sueños pecaminosos y que duran toda una noche.

Y la pulpa de manga, helada… que tiene gusto a carne empapada de trementina… y olor a yodoformo… rosada y verde con la forma de un corazón, la primera vez que se la prueba causa náuseas, unas náuseas tan seductoras que se desea volverlas a experimentar.

Y así todas estas frutas, sorbetes, postres, helados. A pesar del frío que los empapa en su substancia, son tremendamente cálidos, debe haberlos creado un demonio… el demonio de las sensualidades botánicas. Si no, no se explica.

En la caverna de un compatriota

(Sábado 5 de abril de 1930)

Hoy no tengo absolutamente ninguna gana de hablar del paisaje. Estoy triste lejos de este Buenos Aires del que me acuerdo a toda hora. Escribo desde la Redacción del diario O Journal, en Río de Janeiro. Mañana, pasado o cualquier otro día me ocuparé del maravilloso bazar que es Río de Janeiro. Sí, un bazar oriental de mil colores. Pero eso no me consuela. La ciudad de uno es una, nada más. El corazón no se puede partir en dos pedazos. Y se lo tengo entregado a Buenos Aires. Bueno. Estoy rabiosamente triste y tengo que hacer humorismo. ¡Y después hay quienes le envidian a uno la carrera! ¡Y la popularidad!

Escribo desde la redacción del O Journal. Nosotros, los periodistas, somos como los monjes. Donde vamos encontramos la casa, es decir, el papel y tinta y los camaradas que trabajan igual que uno, renegando del oficio que tanto amamos.

Un amigo

Al desembarcar en Río me esperaba un amigo porteño. Cierto viejo astuto y sutil en mañas como Ulises, el ligero de pies y manos. Nosotros, los periodistas, nos parecemos a ciertas mujeres: tenemos que sonreírle al público, aunque nos llore el corazón. ¡Siga, que el asunto no le interesa al cliente! Este viejo —no es tan viejo— me recuerda una frase de Quevedo: «De donde él salía, la mitad de la gente se quedaba llorando, y la otra mitad riéndose de los que lloraban». Creo que mi amigo hasta podría darle lecciones al viejo Vizcacha. Bueno; cuando me vio me dijo:

—Supongo que vendrás a casa ¿eh?

—Cómo no...

Subimos a un auto, partimos y llegamos a la casa. Llamémosla «casa». Es una casa, en el sentido arquitectónico y edilicio también. Pero... pero no tiene muebles la dicha casa. Colchones en el suelo, paquetes de libros sin desenvolver, sábanas sucias extraviadas en los rincones. En la cocina el aparato de hacer café le daría envidia a ese dibujante inglés que inventaba maquinarias monstruosas para matar pulgas. En las paredes algunos cromos; y luego listas, listas interminables de números. Son los millares de reis que mi amigo debe a su proveedor. Porque me dijo, con digno talante: «Sabrás que aquí tengo proveedor y crédito».

Cuando me dijo esto yo me quería morir. ¿Crédito, él?

¿Pero era posible que en la superficie del planeta existieran tamaños ingenuos?

Él reparó en mi asombro, e insistió:

—Sí, tengo proveedor...

11/89

Soy fatalista. Me inclino ante las evidencias. Cuando un hombre llama al bolichero de la esquina «su proveedor» no queda duda de que el desgraciado se romperá la cabeza contra las paredes, algún día, de desesperación.

—¡Sos un genio! —le dije, y no terminaba de expresarle mi admiración por su talento de financista, cuando se presentó ante mí, en un pijama a rayas, un señor de lentes, canoso, y para más señas, portugués. Me lo presentó con estas frases:

—Un gran periodista lisbonés en desgracia...

—Muito pracer en counucerlo.

—Muito obrigado —respondí yo por contestar algo...

—Lo protejo —continuó mi amigo—. El proveedor me tiene una confianza ilimitada.

El señor de pijama y de piernas peludas se inclinó nuevamente ante mí y me dijo:

—Ou senhor está en la sua casa. Esteja a gosto.

—Yo estoy a gusto en todas partes, compañero... pero, hablando de todo un poco, ¿no hay pulgas aquí?

—No.

—¿Peste bubónica ni fiebre amarilla, tampoco?

—Ou senhor está brincando... (Cachando, quiere decir).

—Bueno, entonces me quedo —y mirando a mi viejo amigo, le dije—. Vos sos responsable de cualquier desgracia personal que me ocurra. Y sos responsable porque yo, persona decente, no hago nada más que tener contacto con pilletes fabulosos, y vos sos el más estupendo malandrín que ha pisado la tierra del Brasil... ¿Así que tenés proveedor? ¿Y protegés a un genio, al periodista lisboeta? ¡Quién lo diría! Hay que vivir para ver y creer. ¿Y a esta ratonera le llamás «casa»? Bueno, desde mañana pondrás un aviso en el diario: «Se necesita muchacha joven para atender a tres hombres solos. Se ruega presentarse con certificado de buena conducta y honestidad».

Y esta es la casa de mi amigo; sí, señores. Tres piezas destartaladas, un periodista en paños menores y yo que me río para no llorar. No pararé un minuto en esta caverna. Cuando llegué a medianoche, me encontré al hombre del pijama a rayas afeitándose a la luz de un candil. Me hace preguntas en un portugués tan cerrado que no entiendo ni medio y a todo le contesto: muito obrigado. El fulano me mira con desesperación. Mi amigo me llama aparte y me dice:

—Tengo en proyecto un sindicato periodístico formidable. Trabajaríamos con algunos millones de contos…

Y yo me pregunto: «Pero, en síntesis: ¿qué es la vida? ¿Novela, drama, sainete, bufonada o qué?». Y yo no sé qué contestarme. Comprendo que el misterio nos rodea, que el misterio es tan profundo como la ingenuidad del proveedor de mi amigo.

P. D.: ¡Ah! Me olvidaba. He recibido un montón de cartas que me han sido enviadas a El Mundo de donde me las mandaron a Río. Si tengo tiempo, contestaré algunas. Vale.

Hablemos de cultura

(Domingo 6 de abril de 1930)

Respeto para el hombre… para la humanidad que lleva el hombre en sí. Es lo que encuentro en Río. Aquí, donde la naturaleza ha creado seres voluptuosos, mujeres de ojos que son noches turbias y perfiles con calidez de fiebre, sólo encuentro respeto; un dulce y profundo respeto, que hace que de pronto usted se detenga y se diga en conversación consigo mismo:

—La vida, así, es muy linda.

Yo no quiero buscar las razones históricas de dicho fenómeno. La historia me importa un pepino. Que hagan historia los otros. Yo no tengo nada que ver con la literatura ni el periodismo. Soy un hombre de carne y hueso que viaja, no para hacer literatura en su diario, sino para anotar impresiones.

Diré que estoy entusiasmado…

¿Diré que estoy entusiasmado? No. ¿Diré que estoy asombrado? No. Es algo más profundo y sincero: estoy conmovido. Ese es el término: conmovido.

La vida, así, es muy linda.

Y no me refiero a las atenciones que se reciben de las personas con quienes se trata. No. Me refiero a un fenómeno que es más auténtico: la atmosfera de educación colectiva.

¿Qué importa que una persona sea atenta con usted, si cuando usted sale a la calle, el público destruye la impresión que el individuo le ha producido?

En cambio, aquí, usted se encuentra cómodo. En la calle, en el café, en las oficinas, entre blancos, entre negros…

Cuando usted sale de su casa está en la calle, ¿no es así? Bueno, aquí, cuando usted sale a la calle, está en su casa... Un ritmo de amabilidad rige la vida en esta ciudad.

En esta ciudad, que tiene un tráfico y un público dentro de su extensión, proporcional al de Buenos Aires. Con la sola diferencia de que, en las bocacalles, usted levanta la vista y se encuentra con un cerro verde dorado de nubes y una palmera en lo alto, con sus cuatro ramas recticulando lo azul.

Sin excepción

¿Son distintos los brasileños de nosotros?

Sí, son distintos en lo siguiente: tienen una educación tradicional. Son educados, no en la apariencia o en la forma, sino que tienen el alma educada. Son más corteses que nosotros, y sólo se puede comprender el sentido verdadero de la cortesía por la sensación de reposo que reciben nuestros sentidos. Es como si de pronto usted, acostumbrado a dormir sobre adoquines, recibiera para acostarse un colchón.

Piense usted en esto. Una muchacha puede aquí caminar tranquilamente por las calles a media noche. Una muchacha decente, ¿eh?, ¡no confundamos! Y si no lo es, también... Usted puede ir a cualquier parte, aun a la más atorranta, en compañía de cualquier tipo de mujer, honesta o no. Nadie se meterá con usted.

En Buenos Aires, en casi todos los cafés, usted encuentra compartimentos para familias. Aquí no se conoce esa división. Cuando salen de su empleo, las muchachas entran a los cafés, toman sus pocillos de bocequín y lo hacen con tranquilidad: la tranquilidad de la mujer que sabe que es respetada.

En Buenos Aires, el trato general para con la mujer revela lo siguiente: que se la tiene por un ser inferior. La continua falta de respeto de que se la hace víctima lo demuestra.

Aquí no. La mujer está acostumbrada a ser considerada una igual del hombre y, por consiguiente, a merecer de él las atenciones que este tiene con cualquier desconocido que se le presenta.

Y de pronto, quiera usted o no, siente que una fuerza lo subyuga, que ellos están en el camino de una vida superior a la nuestra. Comprendemos que con nuestra grosería hemos desnaturalizado muchas cosas bellas, incluso destruido la femineidad de la mujer porteña.

¿Será, acaso, que la vida es aquí más linda porque es menos difícil? ¡Vaya uno a saberlo! Lo cierto es que este pueblo se diferencia en mucho del nuestro. Los detalles que se advierten en la vida diaria nos lo presentan como más culto. Creo que todavía predominan, con incuestionables ventajas para la colectividad, las ideas europeas. Si no fuera demasiado aventurado lo que voy a decir, al siempre correr, no de la pluma, sino de las teclas de la máquina de escribir, lo transformaría en una categórica afirmación. Se me ocurre que de todos los países de nuestra América, el Brasil es el menos americano, por ser, precisamente, el más europeo.

Ese respeto espontáneo hacia el prójimo, sin distinción de sexo ni de razas; esa linda indiferencia por los asuntos ajenos es, dígase lo que se quiera, esencialmente europea.

Y el paisaje es lindo; las montañas azules, los árboles… Pero ¿qué importancia puede tener el paisaje ante las bellas cualidades del pueblo?

Los pescadores de perlas

(Lunes 7 de abril de 1930)

Se me ha ocurrido llamarla «plazoleta de los pescadores de perlas» porque me recuerda una novela de Emilio Salgari, La perla roja. Hay que viajar un poco para darse cuenta de que Emilio Salgari, el novelista que nos ruborizaríamos de confesar que leemos después de haber leído a Dostoievski, es el más potente y admirable despertador de la imaginación infantil. Hoy he recordado la novela de Emilio Salgari con la misma emoción que cuando tenía trece años y la leía a saltos bajo la tabla del pupitre de la escuela mientras el maestro explicaba un absurdo teorema de geometría. La he recordado con emoción porque la «reconocí» en cuanto la vi. Y la denominé en seguida «plazoleta de los pescadores de perlas».

Caminando

Caminando por la rua Carioca, hacia el Oeste, se llega al mar. Siguiendo por unos callejones estrechos, calientes de sombras, por un piso de piedras cuadradas y pulidas por el roce, de pronto la perspectiva se abrió.

Apareció un pedazo de cielo celeste y dos galpones chatos, largos, encalados, con techo de tejas acanaladas y formando entre sí un ángulo recto. Negros, descalzos unos, con sobretodos raídos otros, y en camiseta casi todos, cubiertos de sombreros grasientos, rotos, miraban cómo el sol descomponía pedazos de pescados colocados sobre esterillas sostenidas por palos en cruz. Un hedor de pescadería, de sal y de podredumbre infectaba el rincón. Ellos recostados al sol miraban a un muchacho motudo color carbón, con los brazos y los pies desnudos, que sostenía una jaula con pájaros de plumaje azul, mientras que en la encogida mano derecha soportaba un loro verde diamante. Acurrucado junto a un cesto había un gato blanco con un ojo celeste y otro amarillo.

Me detuve junto a los negros y comencé a mirarlos. Los miraba y no. Estaba perplejo y entusiasmado frente a la riqueza de color. Para describir a los negros es necesario frecuentarlos, ¡tienen tantos matices! Van desde el carbón hasta el color rojo oscuro del hierro en la fragua. Luego seguí caminando y a los tres pasos entré en una plazoleta de agua… ¡Allí estaba!

La calle descendía en declive. En vez de detenerse junto al agua, esta vereda de piedra entraba en ella. Y en el declive, acomodadas una junto a la otra, lanchas estrechas y largas como piraguas (estas definiciones se las debemos a Salgari) pintadas de color carne, de color lechuga, de azul puerro. Pero no barcas nuevas, sino roñosas, rotas, cargadas de piolines para pescar, llenas de escamas; algunas con las tablas hendidas, aseguradas con parches de madera clavados; otras parecían fabricadas con restos inservibles de cajón de querosén y en el interior, tendidos a lo largo sobre la ropa, hombres que dormían.

Esta plazoleta de agua estaba cerrada a los cuarenta metros por dos brazos de piedra, que dejaban una abertura de algunos pasos. Por allí entraban y salían las chalupas.

Y me acordé de los pescadores de perlas, de La Perla Roja. El mismo rincón de la novela de Salgari, la misma mugre cargada de un hedor penetrantísimo, cáscaras de bananas y tripas de pez. De pie, junto a las piraguas —no merecen otro nombre— había ancianos barbudos, descalzos, mulatos, roñosos, rojizos, componiendo lentamente una red, raspando con un cuchillo la quilla de sus embarcaciones, acomodando cestos de mimbre amarillo con una tagarnina entre los labios hinchados como leprosos.

Charlaban entre sí. Un cafre canoso con facha de pirata, barba rala, el pecho de chocolate, le decía a un muchacho amarillo que apretaba el extremo de la red, con los sucios pies desnudos, contra el suelo: «Toda a forza que ven de acima, e de Deus…». (Toda fuerza que viene de arriba es de Dios).

Quietud

No sé si serán desdichados o no. Si pasarán hambre o no. Pero estaban allí bajo el sol que hacía fermentar la suciedad de sus embarcaciones y la propia, y los pescados destripados en las cestas, como si se encontraran con el paraíso prometido a los hombres de buena voluntad y simple entendimiento.

Sin hacer barullo, sin molestarse ni molestar a nadie, indiferentes. El sol era tan dulce para el que tenía sobre todo como para el que estaba desnudo porque en verdad hacía un calor como para andar desnudo y no de sobretodo.

Una brisa suave movía el agua de aceite gris a la acuarela. Me senté en un pilarcito de piedra y quedéme mirando. La plazoleta de agua bien podría situarse en el África, en Ceilán o cualquier rincón de Oriente. Y aunque negros, agua y pescado despedían olor a salazón insoportable, sé que cualquiera de los que me leen se hubiera apretado apresuradamente las narices al tener que estar allí; pero yo permanecí mucho tiempo con los ojos fijos en el agua, en las piraguas rotas, pobres, remendadas. De la plazoleta acuática emanaba una sensación de paz tan profunda que no se puede describir… Hasta llegué a pensar que si uno se arrojaba al agua y tocaba fondo podía encontrar la perla roja…

La ciudad de piedra

(Martes 8 de abril de 1930)

Hay momentos en que, paseando por estas calles, uno termina por decirse:

—Los portugueses han fabricado casas para la eternidad. ¡Qué bárbaros!

Todas, casi todas las casas de Río son de piedra. Las puertas están engastadas en pilares de granito macizo. Casas de tres, cuatro, cinco pisos. La piedra, en bloque pulimentado a mano, soporta, en columna sobre columna, el peso del conjunto.

Nada de revestimiento

Las primeras veces yo creía que se trataba de pilares de mampostería revestidos de placa de granitos, como en nuestra ciudad, es decir, abajo ladrillo, arriba el trajecito de piedra. Estaba equivocado. He recorrido calles donde se están demoliendo algunos edificios y he visto derribar columnas de granito que en nuestro país valdrían un capital. Y he visto romper tabiques con martillo y cortafierro, pues los tabiques, en vez de estar construidos de ladrillos, son murallas de mezcla de mortero y piedra y cal hidráulica; en definitiva, lo que en nuestra ciudad se emplea para hacer lo que se llama una armazón de cemento armado, aquí lo han utilizado para construir la casa completa.

Y si fuera la excepción, no sería de extrañarse; pero, por el contrario, en Río la excepción la constituye la casa de ladrillo. Se denominan construcciones modernas, y en las proximidades de Copacabana he visto los que se llaman barrios nuevos, construidos de ladrillo. El resto, la casa del pobre, la casa de la mayoría, el conventillo y casa pequeña, están construidas de esa ciclópea manera: piedra, piedra y piedra.

En bloques descomunales. En bloques que fueron trabajados en la época del Segundo Imperio por negros y artesanos portugueses.

Veo demoliciones que asombrarían a nuestros arquitectos; demoliciones cuyo material podría soportar el paso de un ferrocarril sin quebrantarse. Por donde se camina —y vea que Río es grande— piedra, piedra y piedra... Ello explicaría un fenómeno. La falta de arquitectura, es decir, de molduras.

La casa aquí...

La casa, así como en Buenos Aires —en nuestro arrabal— el tipo de vivienda es un jardín de cuatro o cinco por cuatro, seguido de tres o cuatro piezas con galería, la casa, aquí en Río de Janeiro, saliendo de la Avenida Río Branco (nuestra Avenida de Mayo), es de frente liso, con balconadas separadas quince centímetros de ese frente, es decir, casi pegadas a él. Ventanas perfectamente cuadradas y el portal, o mejor dicho las columnas que soportan las puertas, es de granito. Los lienzos de muralla que quedan entre dichas columnas están pintados de verde, rojo-hígado, ocre, azul de lejía, blanco. Casi todas las puertas tienen para defenderlas una primera puerta de mitad de altura de la principal y de hierro, de modo que para entrar a una casa, usted tiene que abrir primero la puertecita de hierro y después el portalón de madera, alto y pesado. Una defiende a la otra.

Estas puertas de hierro trabajadas a mano reproducen dibujos fantásticos, dragones con colas de flores de azucena encrespados frente a escudos. Todo el conjunto pintado de color plata, de modo que en la noche, sobre la miserable tristeza de una fachada roja, se destaca el balcón o la puerta plateada, revelando interiores domésticos de toda naturaleza.

Así le ocurre a usted pasar por la calle y ver cosas como estas: un chico lavándose los pies en un dormitorio. Una señora peinándose frente a un espejo. Un negro mondando papas. Un ciego repasando un rosario en una silla de esterilla. Un cura viejo meditando en una hamaca, al margen de su breviario. Dos muchachas descosiendo un vestido. Un hombre ligero de ropas. Una mujer en idénticas condiciones. Un matrimonio cenando. Dos comadres echándose las cartas. La vida privada es casi pública. Desde un segundo piso se ven cosas interesantísimas; sobre todo si se utiliza un largavista (no sea curioso, amigo; lo que se ve con el catalejo no se cuenta en un diario).

Volviendo a las casas (dejémonos de digresiones), este conjunto uniforme, pintado de lo que yo llamaría colores agrios y marítimos porque tienen la misma brutalidad que el azul de las camisas marineras, produce en la noche una terrible sensación de tristeza, y en el día, algo así como la presencia de una fiesta sempiterna. Fiesta ruda, casi africana; fiesta que al rato de presenciarla le fatiga los ojos, lo aturde, dejándolo mareado de tanto colorinche.

La ciudad, bajo el sol, merece otra nota. La ciudad nocturna es descorazonadora. Usted camina como si se encontrara en un convento; siempre los mismos frentes, siempre un interior anaranjado o verdoso. En alguna parte una hornacita enclavada en un segundo piso; un fanal que contiene la dorada imagen de la Virgen con el Niño y abajo, colgando de cadenas, una lámpara de bronce cuya llama fluye hacia arriba moviendo sombras.

Un silencio que sólo interrumpe la vertiginosa carrera de los tranvías. Luego nada. Puertas cerradas y más puertas. De distancia en distancia una negra gorda sentada en el umbral de su casa; un negrito con la cabeza apoyada en el alféizar de granito de un primer piso y luego el silencio; un silencio cálido, tropical, por donde el viento introduce un craso perfume de plantas cuyo nombre ignoro. Y la pesadez de la piedra, de los bloques de piedra de que están construidas todas esas casas, termina por aplastarle el alma, y usted camina cabeceando, en el centro de la ciudad, en una casi soledad de desierto a la diez de la noche.

¿Para qué?
(Miércoles 9 de abril de 1930)

Me escribe un amigo del diario: «Estoy extrañado de que no haya visitado en el Uruguay, ni dé señales de hacerlo allí, en el Brasil, a los intelectuales y escritores. ¿Qué le pasa?».

En realidad

En realidad no me pasa nada; pero yo no he salido a recorrer estos países para conocer gente que de un modo u otro se empeñarán en demostrarme que sus colegas son unos burros y ellos unos genios. ¡Los intelectuales! Le voy a dar un ejemplo. En un diario de Buenos Aires, número atrasado, traspapelado en la Redacción de un periódico de Río, leo un poema de una poetisa argentina sobre Río de Janeiro. Lo leo y me dan tentaciones de escribirle a esta distinguida dama:

—¿Dígame, señora, por qué en vez de escribir no se dedica a la conspicua labor de la calceta?

En Montevideo conversaba con un escritor chileno. Me contaba anécdotas. Las anécdotas atrapan a los intelectuales de allí. A esta escritora, un pintor chileno le mandó un magnífico cuadro y ella, en una fiesta que se daba en su homenaje, recoge unas violetas y le dice a mi amigo:

—Oiga, Fulano, envíele estas flores a X…

O estaba trastornada o no se daba cuenta en su inmensa vanidad que no se envían unas violetas a un señor que la ha obsequiado de esa forma, a una distancia suficiente para permitir que cuando lleguen las flores estén harto marchitas.

Además que la vida de los intelectuales, ¿a quién le interesan los escritores? Uno se sabe de memoria lo que le dirán: elogios convencionales sobre Fulano y Mengano. Llega a tal extremo el convencionalismo periodístico que los voy a hacer reír con lo que sigue. Al llegar a Río me entrevistaron redactores de distintos periódicos. En el Diario de la Noite se publicó un reportaje que me hicieron y entre muchas cosas que dije, me hicieron decir cosas que nunca pensé. Allá va el ejemplo: que mi director me invitó a «hacer una visita a patria do venerado Castro Alves».

Cuando yo leí que mi director me había invitado a realizar una visita a la patria del venerado Castro Alves, me quedé frío. Yo no sé quién es Castro Alves. Ignoro si merece ser venerado o no, pues lo que conozco de él (no conozco absolutamente nada) no me permite establecerlo. Sin embargo, los habitantes de Río, al leer el reportaje, habrán dicho:

—He aquí que los argentinos conocen la fama y gloria de Castro Alves. He aquí un periodista porteño que, conturbado por la grandeza de Castro Aves, lo llama emocionado «venerado Castro Alves». Y Castro Alves me es menos conocido que los cien mil García de la guía telefónica. Yo ignoro en absoluto qué es lo que ha hecho y lo que dejó de hacer Su Excelencia Castro Alves. Ni me interesa. Pero la frase quedaba bien y el redactor la colocó. Y yo he quedado de perlas con los cariocas.

¿Se da cuenta, amigo, lo que se macanea periodísticamente?

Imagínese ahora usted las mulas que trataría de pasarme cualquier literato. Así como a mí me hicieron decir que Castro Alves era venerable, él, a su vez, diría que el «dotor» merece ser canonizado, o que Lugones es el humanista y psicólogo más profundo de los cuatro continentes…

No interesan…

No pasa mes casi sin que de Buenos Aires salgan tres escolares en aventura periodísticas y lo primero que hacen, en cuanto llegan a cualquier país, es entrevistar a escritores que a nadie interesan.

¿Por qué voy a ir yo a quitarles el trabajo a esos muchachos? No. Por qué voy a ir a sustraerles mercadería a los cien periodistas sudamericanos que viajan por cuenta de sus diarios para saber qué piensa Mengano y Fulano de nuestro país. De memoria sé lo que ocurriría. Yo, de ir a verlos, tendré que decir que son unos genios y ellos, a su vez, dirán que tengo un talento brutal. Y el asunto queda así arreglado de conversación: «He entrevistado al genial novelista X». Ellos: «Nos ha visitado el despampanante periodista argentino…».

Todo esto son macanas.

Cada vez me convenzo más que la única forma de conocer un país, aunque sea un cachito, es conviviendo con sus habitantes; pero no como escritor, sino como si uno fuera tendero, empleado o cualquier cosa. Vivir… vivir por completo al margen de la literatura y de los literatos.

Cuando al comienzo de esta nota me refería al poema de la dama argentina, es porque esa señora había visto de Río lo que ve cualquier malísimo literato. Una montañita y nada más. Un buen mono parado en una esquina.

¿No es el colmo de los colmos esto? Y así son todos. Las consecuencias de dicha actitud es que el público lector no termina de enterarse del país, ni de qué forma vive la gente mencionada en los artículos. Y tanto, y tanto, que el otro día, en otro diario nuestro leía un reportaje hecho por un escritor argentino a un general, no sé si de Río Grande o de dónde. Hablaba de política, de internacionalismo y de qué sé yo. Terminé de leer el chorizo y me dije: «¿Qué sesos tendrá el secretario de Redacción de este diario que no ha mandado al canasto semejante catarata de palabrerío? ¿Qué diablos le importa al público porteño lo que opina un general de cualquier país sobre el Plan Young o sobre cualquier otra materia menos o más secante?».

Lo que había ocurrido era lo siguiente: así como a mí me hicieron decir que Castro Alves era venerable, porque con ello creían que me congraciaban con el público de Río (al público de Río le importa un pepino mi opinión sobre Castro Alves), al periodista argentino le hacen reportear a un generalito que los deja imperturbables a los doscientos mil lectores de cualquier rotativo nuestro.

Y con dicho procedimiento los pueblos no terminan de conocerse nunca.

Ahora se explica, lector mío, por qué no hablo ni entrevisto personalidades políticas ni literarias.

Algo sobre urbanidad popular
(Jueves 10 de abril de 1930)

Voy por una calle oscura, entre fachadas de piedra. Los arcos voltaicos lucen colgados de cables alquitranados. Hombres en mangas de camisa conversan sentados en los umbrales de las puertas. Mujeres achocolatadas, apoyadas con los brazos cruzados en los hierros de los balcones, siguen el movimiento de la rua. En una lechería esquinada, negros en patas beben cervezas. De pronto: una señora oscura ha tomado a su nene de seis años, color café con leche, de la mano. Va a llevar a dormir al chico. El pibe ha estado jugando con una nena de su edad, blanca y rubia. Y veo: el nene alarga gravemente su mano a la chiquita. Ella también, con seriedad, le corresponde; los dedos se apretan y se dicen:

—Boa noite. (Buenas noches).

Segundo cuadro

Voy por una calle abierta entre un bloque de granito escarlata. Sobre mi cabeza cuelgan amplias hojas de bananero. La calle asfaltada desciende hasta la playa. Vienen: un muchacho y una menina. Diez y siete años, quince años. Él, color tabaco rubio. Ella, cobre, que parece cubrir un mimbre de carbón, tan flexible es la muchacha de ojos verdes. ¿Cuántas razas se mezclan en esos dos cuerpos? No sé. Lo único que veo es que son magníficos.

Él sonríe y muestra los dientes. Ella, un paso atrás, se ríe también. Trae en la mano una varita verde y le hace cosquillas en la oreja. Van solos. Aquí, los novios salen solos. Ellos son hombres y ellas bien mujeres. Cuando dos novios salen solos es porque son prometidos. La vida es seria y noble en muchos aspectos. Y este es un aspecto de esa vida seria y noble.

Se ríen y van hacia la playa. La playa extiende sobre el río una bandeja de arena. Los bananeros dejan colgar sus hojas verdes y un perfume de violeta impregna densamente una atmósfera de tempestad.

Tercer cuadro

Avenida de Río Branco. Oleaje de gente. Fachadas de azulejos recamados de oro, azul y verde. El Café Morisco con cúpulas de escamas de cobre. Tranvías verdes. Ráfagas de jazmín. En el fondo, el cerro Pan de Azúcar, color espinaca. A un costado el morro de Santa Teresa, color naranja. Automóviles que pasan vertiginosamente, gente que en sillas-cestas de mimbre beben sorbetes. Él y ella. Ella de negro. Él de blanco. Un escote admirable. Caminan lentamente. No tomados del brazo, sino de los dedos. Como criaturas. Y de pronto escucho que ella dice:

—Meu bem. (Mi bien).

Este «meu bem» ha salido de la boca de la mujer impregnado de dulzura espesa, lenta, sabrosa. Se han bebido en una mirada; y siguen caminando, despacio, hombro con hombro, los brazos caídos, pero tomados fuertemente de los dedos. Me han dicho que cuando un hombre y una mujer caminan así es porque su intimidad es completa y ellos van cantando, con estos dedos engrapados, una felicidad magnífica y cálida.

Cuarto cuadro

Restaurante. Hora de almuerzo. Él, cuarenta y cinco. Ella, treinta. Él tiene los cabellos blancos. Ella es rubia magnífica, alta, flexible; ojos tan lindos como agua sobre arena de carbón y oro. Se han sentado y el mozo ha traído la lista. Piden y el mozo se va. Trae platos distintos. De pronto ella alarga el tenedor y pone en la boca de su compañero un trozo de carne. Él sonríe golosamente. Entonces ella le toma la barbilla con la punta de los dedos y sacude lentamente la mano. Frente a todos, que permanecen indiferentes. Aquí se vive así. Han traído el postre. Han pedido postres distintos. Entonces ella retira un trozo de dulce del plato del hombre y mueve la cabeza; él se ríe y le da unas palmadas en la mejilla.

Delicadeza

Por donde se camine, la delicadeza brasileña ofrece espectáculos que impresionan. Hombres y mujeres siempre se acarician con la más penetrante dulzura que darse puede, en el gesto y la expresión. Está en el ambiente el espíritu de dicha conducta. Aquí va un ejemplo. Entré a un cafetín de la O'Gobernador. Sonaba una vitrola. Cuando el chico que me atendió, oyó que yo hablaba en castellano, me dijo sonriendo:

—¿O senhor e español?

—Argentino, pibe…

El chico avanzó hasta el mostrador, le habló unas palabras al patrón y al minuto sonaba en la vitrola un tango cantado por Maizani: Compadrón.

Donde se va… donde se va, sólo se encuentra muestras de gentileza, de interés, de atención. Salvo excepciones, la gente es tan naturalmente educada que uno se asombra. Entré a la Nyrba para pedir detalles de cómo debía certificar una carta aérea. Inmediatamente un empleado hizo que un cadete me acompañara hasta el correo.

Necesitaba conocer una calle. Me acerco a un diarero. Hay que ver la cortesía con que me explicó el recorrido que yo debía hacer.

¿Gentileza? Si hay una tierra de América donde el extranjero pueda sentirse cómodo y agradecido al modo natural de ser de la gente, es esta del Brasil. Niños, hombres y mujeres engranan sus acciones dentro de la más perfecta urbanidad.

Y la vida nocturna ¿dónde está?

(Viernes 11 de abril de 1930)

¡Ah, Buenos Aires!… ¡Buenos Aires!… Calle Corrientes y Talcahuano, y terraza y Café de Ambos Mundos, y Florida. ¡Ah, Buenos Aires! Allí uno se esgunfia, es cierto, pero se esgunfia despierto hasta las tres de la mañana. ¿Pero aquí? ¡Dios mío! ¿Dónde va usted a las tres de mañana? ¡Qué bárbaro! ¿He dicho a las tres de la madrugada? ¿Adónde va, acá en Río, a las once de la noche? ¿Adónde? Explíqueme usted, por favor.

A las once de la noche

Hace un calor de andar en paños menores por la rua. Y a las once de la noche cada mochuelo está en su olivo.

¿Se dan cuenta? ¡A las once de la noche, cuando en la calle Corrientes la gente se asoma a la puerta de los bodegones para empezar a hacer la digestión! ¡Ah, bottiglieríís de la calle Corrientes! Se me hace agua la boca.

Decía que aquí a las once de la noche todo el mundo está en cama. Alguno que otro trasnochador pasa con cara de perro por la Avenida Río Branco. Debo estar mal de la cabeza. ¿He dicho que algún trasnochador pasa? Bueno; está bien, trasnochador ¡de las once de la noche! El sujeto se garufea hasta las diez y cuarenta, y a las diez y cincuenta raja para su casa. Y hace un calor como para pernoctar en la acera. Y todo el mundo encamado. ¿Conciben ustedes una tragedia más horrible que esta? ¿Acostarse a las once de la noche? Porque, ¿qué va a hacer, dígame, después de esa hora? ¿Medir el ancho de las calles, la longitud de la vía, el kilometraje del estuario? Todo el mundo encamado a las once de la noche. A las once, sí, a las once.

Yo concibo que se acuesten a las once o diez de la noche los recién casados. Admito que el propietario de alguna de estas meninas no se descuide y a las diez y cuarenta piante diligentemente hacia el nido. Soy humano y comprensivo. Me lo explico y mucho más aquí. Pero ¿y la juventud suelta y libre? «El divino tesoro» la apoliya también. A las once, a más tardar, se calafatea en el catre; y usted gira que gira desesperado por estas calles solitarias donde, de vez en cuando, se tropieza con un negro, que sin estar borracho va riéndose y conversando solo. Es notable la costumbre de los grones. Deben conversar con el alma de sus antepasados, los beduinos o los antropoides.

Y qué leitos

Brutalmente. A las once se acuesta porque las calles están desiertas. Minga de café, minga de nada. Se acuesta porque no hay nada que hacer en la rua. Esta gente es como las gallinas: cena de seis a siete de la tarde, luego da tres vueltas castas alrededor de la manzana y a la cama, a dormir.

Pero ¿quieren decirme qué es lo que puede hacer un porteño en la cama, a las once de la noche? Y en estas camas que son de madera. ¡Ah!, porque los colchones en este país no son de lana. Lasciate ogni speranza usted que se encama. Los colchones son de crin vegetal y con esta crin vegetal es poco decirle que cualquier colchón para nuestros soldados es más tierno y dulce que estas chapas flexibles que parecen de amianto y no otra cosa.

Cuando usted se acuesta por primera vez, lo primero que hace es llamar desesperado, si está en una pensión, a la fámula y decirle que se ha olvidado de poner el colchón. Y entonces le replican que no, que la cama tiene colchón, y se lo enseñan para que no le quede duda, y usted lo ve con sus ojos mortales y perecederos, y larga cada mala palabra que ruborizaría a un sarraceno. Y no por eso el colchón se apiada o dulcifica, sino que persiste siendo tan madera como antes, y puede acostarse un regimiento en él, que no por eso se ablandará un adarme. Crin vegetal, amigo.

¡Cómo para dormirse! Usted da vueltas y vueltas dolorido de todos los huesos; matiza las conversiones de la derecha a la izquierda con una buena andanada de ripios y culebras. El colchón no se enternece ni por broma... Haga de cuenta que está durmiendo o no durmiendo, o queriendo dormir y no pudiendo, encima de un piso de madera.

Sea imparcial, amigo, ¿se pueden padecer mayores martirios que estos? Tener que acostarse a las once de la noche en una cama que le envidiaría, para ganar el cielo, un candidato a santo. Sea imparcial; piense que a usted lo obligan a acostarse a las once de la noche en un catre de estos, que no se ablanda ni echándole agua.

Prende un cigarrillo. Fuma. Tira el pucho y escupe desde cualquier ángulo. Mete el brazo bajo la almohada, luego la cabeza, después el otro brazo, más tarde encoge las piernas, luego otro cigarrillo, vuelta a expectorar. Larga una mala palabra, medita, endereza la esquena; le dan ganas de agujerear el cielorraso; otro cigarrillo; pasa un tranvía con traqueteo infernal y lo arranca de su levísimo sopor, que prometía convertirse en el conato de un semisueño. Dan las dos en el reloj, y dan las tres, y dan las cuatro, y no hay sereno que grite: «Viva la Santa Federación», pero está usted con un ojo abierto y el otro conspirando y pensando macanas a granel.

Y entonces usted desesperado, se pregunta por cienmilésima vez:

—¿Qué es lo que hace tan temprano en las camas esta gente? ¿Qué es lo que hace?

Trabajar como negro
(Sábado 12 de abril de 1930)

Nosotros los porteños decimos «trabajar como negro». Pero en Buenos Aires los negros no laburan como no sea de ordenanza, que es el trabajo más cómodo que se conoce y que parece exclusivamente inventado para que los grones porteños lo desempeñen en las porterías de todos los ministerios y reparticiones públicas.

Fuera de dicha actividad, el grone ciudadano se tira a muerto. Ha nacido para ser ordenanza y se acuerda de esa célebre frase: «Serás lo que debes ser, o no serás nada» (entre paréntesis, esa célebre frase es una reverenda macana) y el grone la sigue escrupulosamente. No la yuga, como no sea de librea y en la antesala de un ministro.

El negro brasileño

¡Este sí que trabaja como negro! Mejor dicho: ahora sí que he constatado lo que significa «trabajar como negro». Bajo un sol que derrite las piedras, uno de esos soles que lo hacen sudar a usted como un filtro y que aturdirían a un lagarto, el negro brasileño, descalzo sobre las veredas candentes, acarrea adoquines, conduce bultos, sube escaleras cargado de fardos tremendos, maneja el pico, la pala; levanta rieles... Y el sol, el sol brasileño cae sobre su lomo de bestia negra y la tuesta lentamente, le da un brillo de ébano recalentado en un horno. Se desempeña en los trabajos más brutales y rudos, en aquellos que aquí hacen retroceder al blanco.

Sí, donde el nativo pálido o el obrero extranjero retrocede, para ocupar el puesto está el negro. Y trabaja. Usted se siente desmayar de calor en la sombra y el negro, entre una polvareda de arena, entre chispas de sol, yuga, yuga pacientemente como buey: va y viene con pedruscos, sube escaleras empinadas bárbaramente con enormes cestos de arena; y siempre con el mismo ritmo, un paso lento, parsimonioso de buey. Así, de buey.

Por un jornal escaso. Es silencioso, casi triste. Debe ser la tristeza de los antepasados. ¡Vaya a saber qué!

Cuando están solos

En la noche me ocurrió encontrarme por las calles más abandonadas con negros que caminaban solos, charlando y riéndose. En el hotel también. En el momento que abría una ventana, sorprendí a una negra. Estaba sola en la pieza, se reía y hablaba. O con la pared o con un fantasma. Se reía infantilmente al tiempo que movía los labios. Otra vez, caminando, escuché las risitas comprimidas de un negro. Parecía que se burlaba de un interlocutor invisible, al tiempo que pronunciaba palabras que no pude entender.

Pensando se me ocurrió que en estos cerebros vírgenes, las pocas ideas que nacen deben producir una intensidad tal, que de pronto el hombre se olvida de que lo escucha un fantasma, y el fantasma se convierte para él en un ser real.

Los he observado también en los alrededores del puerto. Forman círculos silenciosos, que se calientan al sol.

Una fuerza espantosa estalla en sus músculos. Hay negros que son estatuas de carbón cobrizo, máquinas de una fortaleza tremenda, y sin embargo algo infantil, algo de pequeños animalitos se descubre bajo su semicivilización.

Viven mezclados con el blanco: aquí encuentra usted a una señora bien vestida, blanca, en compañía de una negra; pero el negro pobre, el negro miserable, el que habita en los rancheríos del Corcovado y Pan de Azúcar, me da la sensación de ser un animal aislado, una pequeña bestia que se muestra tal cual es, en la oscuridad de la noche, cuando camina y se ríe solo, charlando con sus ideas.

Le prevengo que entonces el espectáculo tiene más de fantástico que de real. Un negro en la oscuridad es sólo visible por su dentadura y su pantalón de color al pasar bajo un foco. Frecuentemente va descubierto, de modo que imagínese usted la sensación que se puede experimentar, cuando en las tinieblas escuche una risita de orangután, un cuchicheo de palabras; es un africano descalzo, que camina moviendo los hombros y reteniendo su misteriosa alegría.

Tan misteriosa que en esas circunstancias no lo ven a uno. La negra que sorprendí en el hotel estaba casi frente a mí y no me veía. Una noche caminé varios metros a la par de un extraño murmurador negro. Cuando, por fin, «escuchó» mis pasos, me dirigió una mirada huraña; nada más.

¿Con quiénes hablan? ¿Tendrán un tótem que el blanco no puede nunca conocer? ¿Distinguirán en las noches el espectro de sus antepasados? ¿O es que recuerdan los tiempos antiguos cuando, felices como las grandes bestias, vivían libres y desnudos en los bosques, persiguiendo simios y domando serpientes?

Uno de estos días me ocuparé de los negros: de los negros que viven en perfecta compañía con el blanco y que son enormemente buenos a pesar de su fuerza bestial.

Tipos raros

(Domingo 13 de abril de 1930)

Mi amigo es una excelente persona. No se encuentra otra mejor. Si no fuera porque tiene el defecto de contraer deudas, de comprar artículos y no pagarlos, sería lo que podríamos llamar un honorabilísimo caballero. Y lo es…

casi lo es. En Río de Janeiro se ha rodeado de un prestigio único. Es respetado. Me ha hecho la confidencia de que el Presidente del Brasil lo estima mucho. Como nada me cuesta creerlo, admito este fenómeno de simpatía del doctor Washington Luis Pereira de Souza por el señor a quien me refiero. Más, íntimamente me ha confesado que el doctor Washington Pereira de Souza desea su amistad.

Como les contaba en otra oportunidad, mi amigo es el propietario de la caverna, o inquilino, donde pernocta el hombre del pijama a rayas, y donde yo dejé una vez mis maletas con desconfianza. Estas cosas suelen ocurrirle a uno con los amigos.

El hombre de pijama a rayas

El hombre del pijama continúa siendo un misterio para mí. Trabaja todo el día como un ratón. Estoy llegando a la conclusión de que mi amigo es el que alquila la casa y el otro el que paga el alquiler. Sí. Albergo esta convicción basada en el profundo conocimiento que tengo de ciertas naturalezas humanas. ¿De qué trabaja? No lo sé. Corre todo el día bajo el ardentísimo sol brasileño, con una cartera bajo el brazo, mientras mi amigo dice:

—Yo tengo condiciones de financista. He preparado unos proyectos bestiales. Pienso interesar a todo el comercio de Sao Paulo en la confección de una revista redactada en castellano.

Yo fumo y lo miro. No me canso de mirarle la cara de cabra que tiene y la ingenuidad que alberga en su corazón. Porque todos estos aventureros son ingenuos. Creen en los negocios de millones. Se las componen admirablemente para clavarlo al bolichero de la esquina, es decir, que su astucia no pasa de la sastrería y de la proveeduría, y luego entran en el terreno de las imaginaciones, como esos pésimos cuentistas, que después de escribir penosamente un cuento de ochocientas palabras, os anuncian una novela de tres tomos, «con continuación…».

Buena persona

Seriamente: es una buena persona… mejor dicho… un bohemio… con un montón de cabellos blancos, mi amigo o huésped cree en la poesía, cree… cree en todo lo que es increíble a cierta edad…

Yo lo miro. Lo dejo hablar y le digo:

—Cuéntame la historia del mariscal Temístocles. Es fabulosa.

Mi amigo estaba en la mala. No tenía ni un tostón, que son seis reis o tres centavos de moneda argentina. Había vendido todo lo que se puede vender y lo que no se puede, también. El último resto del naufragio era un retrato al óleo que le había hecho un pésimo pintor. Imagínense ustedes qué malo sería el retrato que mi amigo se lo puso bajo el brazo, fue a verlo al mariscal Temístocles, un negro con más charreteras que los mariscales de cine, y le dijo:

—Traigo aquí el retrato… del general Mitre. Es un deber de conciencia que me lo compre Sua Excelencia.

El mariscal miró el retrato; lo miró a mi amigo y le hizo dar un conto. Fíjense cómo se parecería el retrato al original.

Se enamoró de una muchacha, hace muchos años. A ella le gustaba la poesía y mi amigo tomó un libro de versos, el primero que le llegó a las manos, lo copió íntegro y le dijo a su futura:

—Estos poemas me los has inspirado tú.

Y se casaron. A los tres meses, ella descubrió que el libro de poemas era un plagio y le tiró el tomo por la cabeza.

Su aspecto

Es reposado, grave y sesudo. Ha echado un poco de vientre, respetabilidad, lentes, el conocimiento, canas, experiencia. Sonríe, inclina la cabeza al hablar, lo cual produce la sensación de que mastica mucho lo que va a decir. Es aristócrata, no sé si por parte de Adán o Eva. Tiene en la cartera tres billetes de cincuenta mil reis, que son tres billetes eternos; el golpe de efecto… para engrupirlo al proveedor.

No dice nunca malas palabras y quiere mucho a todos los jóvenes escritores de la nueva generación argentina.

Un hombre excelente. Insisto. Bueno. Decente. Tiene sus defectos, pero ¿quién no los tiene? Su indulgencia es enorme. Su comprensión de los motivos que rigen los actos humanos, fabulosa.

—Si yo era juez, no condenaba a nadie —me dice.

Y lo creo. Lo que él no agrega es esto: «Si yo era juez no condenaba a nadie que me pagara»… pero eso se sobreentiende.

En tanto vive. Vive florido y contento, rozagante y optimista. Sueña en un sindicato monstruoso, periodístico, a base de millones de contos. No hace mal a nadie, al contrario; si puede ayudar a alguien, encantado. En definitiva, es muchas veces superior a esos fariseos que, como dice Nuestro Señor Jesucristo, «son sepulcros llenos de podredumbre por dentro y encalados por fuera».

Ciudad sin flores

(Lunes 14 de abril de 1930)

No les cause asombro lo que les voy a decir: Río de Janeiro da la sensación de ser una ciudad triste porque es una ciudad sin flores. Puede usted andar media hora en tranvía que no va a encontrar un solo jardín.

¡Cuántas veces me he acordado estos días de un balcón que hay en la calle Talcahuano, entre Sarmiento y Cangallo! Este balcón se encuentra en un segundo piso, tiene una enredadera y entre la enredadera una jaula con pájaros. ¿Y qué calle de nuestra ciudad, qué casa más o menos linda, qué buhardilla de pobre, qué zahúrda de dependiente de almacén y cuchitril de cargador del puerto, no tiene en el alfeizar de la ventanita un tachito con un poco de tierra y un rasposo geranio que se muere de sed?

Nada de verde

Si algún día usted llega a pisar las calles de Río, se dirá: Arlt tenía razón. No hay flores de malva, ni para darse baños de asiento, cedrón, ni para tomar un té, nada y nada absolutamente de verde. Las ventanas, sean pobres o no, las casas están más peladas que cabeza de calvo. Piedra, eso sí, por lujo. ¿Azulejos? Ríase usted de los arcoíris, aquí hay fachadas de casa hechas con azulejos amarillos, blancos, verdes, rojos, azules. ¿Pero flores, jardines? ¡Ni para remedio!

Los primeros días me decía que los jardines estarían en los alrededores de la ciudad; pero he ido a los alrededores, ¡y minga de botánica casera! Piedra, piedra y piedra.

Le he dicho al periodista portugués, con quien alcanzo a entenderme un poco ahora:

—Allá, en nuestra ciudad, nosotros, quien más quien menos, tenemos un jardincito atorrante. Usted recorre las calles de las parroquias que son las freguecias de aquí, y ¡qué diablo! No hay casa que no tenga su jardincito; y si la casa da a la calle, ponen macetas en la ventana y tiene que ser muy turro el habitante de una buhardilla para no tener en el marco una plantita cualquiera que sirve de campo de sport a todos los pájaros que pasan.

No hay gorriones

El hombre que anda en paños menores, me contesta roncamente: «Aqui temos urubus, nao passaros» (aquí tenemos cuervos, no pájaros).

Efectivamente, una nube de cuervos se cierne todo el día sobre los cerros o morros de Río. Como en los altos de los cerros viven personas que no son duques ni barones, sino negros y pobres, y hay allí una mugre que merece capítulo aparte, desde que se levanta hasta que se acuesta, usted puede ver bandadas de aves negras que trazan círculos oblicuos en el aire.

Y los gorriones, que no querían saber ni medio de semejante vecindad, rajaron. ¡Ah! Otro detalle. Tras de los cerros cuyo frente se mira desde Río, están los barrios obreros (nota para otro día). Barrios obreros que son inmensamente tristes y sucios. Barrios de los que usted sale con el alma encogida de tristeza. Tampoco allí hay jardines. En ninguna parte.

He ido a Nicheroy, la capital de Río de Janeiro (cada ciudad tiene su capital). Nicheroy tiene playas preciosas, calles abiertas en roca escarlata; montes de verduras y bananos; calzadas asfaltadas y, salvo en los chalets de construcción moderna, no he visto uno que otro raro jardín. Esto en uno de los barrios considerados como más lindos de Río.

—Es la influencia de los portugueses —me dice el hombre del pijama a rayas—. Somos gente triste. ¿No ha observado que aquí no hay ninguna alegría? Y, sin embargo, Río tiene dos millones de habitantes...

—¿Cómo, dos millones?...

—Y un poco más. Y para estos dos millones de habitantes hay tres teatros habilitados... salvo la docena de cinematógrafos que trabajan.

¡Dos millones de habitantes y ningún jardín, ninguna flor! ¿No es triste y significativo el detalle?

Se vive, como en una nota anterior dije, sombríamente. Los que trabajan van del empleo a su casa. En los cafés usted no encuentra a un trabajador más de cinco minutos sentado frente a su taza, a un empleado, quería decir. Los trabajadores no entran a los lugares frecuentados por la gente bien vestida (nota aparte). En Buenos Aires, un obrero termina su trabajo y se cambia de ropa. En la calle está a la par del comerciante, del rentista y del empleado. Aquí no. El trabajador es siempre lo que es en todas partes. Va a su casa, el caserón sombrío, y no sé si de cansado o desespiritualizado, no encuentra en su voluntad las fuerzas de mantener un clavel floreciendo en un ex tachito de conserva.

—En Petrópolis, paraje donde veranea el Presidente de la República, hay jardines —me dice un señor—. Mas es curioso: allí las flores no tienen perfume.

Yo no termino de explicarme ciertas contradicciones. En Petrópolis las flores no tienen perfume; aquí las mujeres son aficionadísimas como los hombres a los perfumes. Y, sin embargo, en toda la ciudad ni una sola flor... ni un solo jardín.

—Es la tristeza portuguesa —insiste el amigo lisbonés—, sumada al enervamiento que produce el sol.

¡Y vaya uno a saber si no es así!

Ciudad que trabaja y que se aburre
(Martes 15 de abril de 1930)

En el concepto de todo ciudadano respetuoso de los derechos de la fiaca, porque también la fiaca tiene sus derechos según los sociólogos, el café desempeña un lugar prominente en la civilización de los pueblos. Cuanto más aficionada es a tirarse a la bartola una raza, mejores y más suntuosas cafeterías tendrá en sus urbes. Es una ley psicológica y no hay qué hacerle: así baten los sabios.

Aquí se labura

Nosotros, habitantes de la más hermosa ciudad de América (me refiero a Buenos Aires), creemos que los cariocas y, en general, los brasileños, son gente que se pasa con la panza al sol desde que «Febo asoma» hasta que se va a roncar. Y estamos equivocados de medio a medio. Aquí la gente labura y sin grupo. Se gana el marroco con el sudor de la frente y de las otras partes del cuerpo, que también sudan como la frente. Yugan, yugan infatigablemente y amarrocan lo que pueden. Sus vidas se rigen por un subterráneo principio de actividad, como diría un señor serio haciendo notas sobre el Brasil. Yo, a mi vez, digo que doblan la esquena todo el santo día y que de sábado inglés, ¡minga! Aquí no hay sábado inglés. Y allí se terminaron las fiestas. Trabajan, trabajan brutalmente, y no van al café sino breves minutos. Tan breves, que en cuanto se queda usted un rato de más, lo echan. Lo echan, no los mozos, sino el encargado de cobrar.

¿Y el llamado café «express»?

Ante todo no se conoce el café express, esa mezcla infame de serrín, pozos de express y otros residuos vegetales que producen una mixtura capaz de producirle una úlcera en el estómago en breve tiempo. Aquí, el café es auténtico, como el tabaco y las naturales bellezas de la mujeres. Los cafés tienen sillones en las veredas, pero en la vereda no se despacha café. Hay que tomarlo adentro. Adentro las mesas están rodeadas de sillitas que dan ganas de tirarlas de una patada a la calle. He visto sentarse un gordo, del cual cada pierna necesitó de una silla. La mesita de mármol es reducida; en fin, parecen construidas para miembros de la raza de los pigmeos o para enanos. Usted se sienta y empieza tirar la bronca. Una orquesta de negros (en algunos bares) arma con sus cornetas y otros instrumentos de viento un alboroto tan infernal que usted no terminó de entrar cuando ya siente ganas de salir.

Se sienta y le traen el feca. Sin agua. ¿Se da cuenta? En un país donde hace tanta calor, le sirven el café sin agua.

Usted ahoga una mala palabra y bramando dice:

—¿Y el agua? ¿Se vende el agua aquí?

—O senhor quere acua yelada... Un vaso de acua yelada. Y le traen el «acua yelada» con un pedacito de hielo.

El vaso es como para licores, no para agua.

No termina de tomar el café, cuando un turro vestido de negro, que se pasa el día haciendo juegos malabares con monedas, se le acerca a la mesa y le golpea con el canto de una chirola de mil reis el mármol. Mil reis son treinta guitas. Usted que ignora las costumbres lo mira mal turro y este lo mira a usted. Entonces usted dice:

—¿Por qué no se golpea la jeta en vez de golpear el mármol?

Hay que palmar e irse. Pagar los seis guitas que cuesta el café y piantar. Si usted quiere hacer sebo, tiene los sillones de la vereda. Allí se despachan bebestibles que cuestan un mínimo de 600 reis (18 centavos argentinos).

Pas de propina

El mozo no recibe propina. Mejor dicho, nadie la da con el café. El hombre que hace juegos malabares con los cobres es el encargado de cobrar y de consiguiente el único que afana... si es que roba, porque este es un país de gente honrada. De modo que el espectáculo que el ojo del extranjero puede gozar en nuestra ciudad, y es el de robustos vagos tomando la sombra dos horas en un café bebiendo un «negro», es desconocido aquí. La gente concurre a la hora de moda a los sillones de las veredas. El resto de la multitud entra al café para ingerir una tacita de feca y raja. Aquí se labura, se trabaja y se ha tomado la vida en serio.

¿Cómo hacen? No sé. Hombres y mujeres, chicos y grandes, negros y blancos, trabajan todos. Las calles hierven como hormigueros a la hora del bullión.

Conclusiones

Si no fuera un poco atrevida la metáfora, diría que los cafés son aquí como ciertos lugares incómodos, donde se entra apurado y se sale más rápidamente aún.

Ciudad honrada y casta. No se encuentran «malas mujeres» por las calles;

no se encuentra ni un sólo café abierto toda la noche; no se escolaza, no hay levantadores de quinielas. Aquí la gente vive honradísimamente. A las seis y media todo el mundo está cenando; a las ocho de la noche los restaurantes están ya cerrando las puertas… Es como dije antes: una ciudad de gente que labura, que labura infatigablemente, y que a la hora del raje, llega a su casa extenuada, con más ganas de dormir que de pasear. Esta es la absoluta verdad sobre Río de Janeiro.

Por qué vivo en un hotel
(Miércoles 16 de abril de 1930)

Es inútil… Yo tengo pasta de profeta. Cuando me ocupé de mi amigo, dije que había dado con mis huesos en la caverna del mayor bandolero que pudiera conocer. Claro está, un malandrín interesante. También dije que la casa constaba de dos colchones y una cama. La cama me la concedió en honor a mi novela.

Algo increíble

Pues van a ver ahora lo que pasó.

Una noche me acuesto lo más tranquilo. Duermo sin que me ocurra nada. Esa mañana despierto a las siete. Mi amigo estaba por salir. Dijo: «Hasta luego»; y yo volvía a roncar. A eso de las nueve, siento que alguien me tira del brazo. Abro los ojos y me veo rodeado de una cáfila de mozos de cordel, color de chocolate que me miraban con gravedad. Y uno de ellos me dice:

—Sua Excelencia poe dexar a leito…

(¡Araca, me llaman «Excelencia»!). Me incorporé diciendo, como si fuera excelencia de verdad:

—¿Qué pasa aquí?

Mi estupefacción se multiplicó al grado infinito. Vi que los negros cargaban con los colchones y rajaban con ellos a cuestas. Entonces, uno de los cargadores me explicó que los colchones y la cama, los había vendido mi amigo a una ropavejería y que, en síntesis, no eran ladrones, ni procedían a furto, sino que se ganaban el pan cargando bultos, y que la cama en la que yo apoliyaba dulcemente estaba comprendida en la operación comercial que el pillastre había realizado.

Me vestí y salí a la calle. No a consultar a los hombres sabios, sino a reírme. Quiero dejar circunstancia que en todo el departamento lo único que quedó fue un par de sabanas, algunos calcetines de puntas raídas y harto sucios, la cafetera fantástica, un envoltorio con pan y mis maletas. Y tan distraído estaba que al bajar la escalera me olvidé de cerrar la puerta del departamento.

Y he aquí ahora que lo encuentro al financista por la calle y le digo:

—Decime, bandido, ¿cómo es que vendiste las camas? Sin conturbarse, me contestó:

—Quiero amueblar el departamento. Así no puede estar.

—Es que allí no hay ni donde sentarse. Se han llevado hasta las sillas…

Entonces, gravemente, reflexionó y me dijo:

—Habrá que comprar unos cajones de kerosene para sentarse…

Cuando contestó así empecé a reírme. La gente que estaba por la rua se detenía a mirarnos. Por fin, cuando pude ahogar las carcajadas, razoné:

—¿Y ese es moblaje con el que vas a adornar el departamento? ¡Mal rayo te parta! Tomá las llaves, yo me voy a dormir al hotel.

—¿Cerraste la puerta?

—No, ¿para qué la voy a cerrar?

—¡Cómo! ¿Dejaste la puerta abierta?

—Sí, ¿qué tiene?

—¿Y vos querés que el primero que pase se meta allí? ¿Que me lleven lo que queda?

Juro que nunca me he reído tanto. Los transeúntes se detenían y me miraban como diciendo: «¿Qué le pasará a este hombre?», mientras que mi amigo vociferaba:

—¡Yo tengo que hacer de padre con vos! ¡Caes en mi casa, tirás los puchos por los rincones, me despojas de mi más hermosa cama!; rompés las sábanas, te bebés mi café, mi pan, el sudor de mi frente, dejás abierta la puerta para que el primer mal hombre que pase me despoje de mi hacienda y te reís todavía. ¡Te reís de mí, que hago con vos las veces de un padre!

—Pero ¿qué hacienda querés que te roben, viejo bandido, si lo único que quedan allí son papeles y libros, papeles garabateados?

—Los originales de mis obras maestras… de mi libro… Juro que nunca me he reído tanto como hoy. Hasta las meninas que laburaban en el mostrador de una cigarrería empezaron a mirarme y a reírse de mi amigo, que seguía:

—¿Esa es la gratitud que tenés por los cuidados paternales que te he dispensado? Gozás en hacerme daño; en dejar la puerta abierta de mi casa, para que el primer foragido que pase me despoje. ¿Así es como me agradeces los servicios que te he prestado, no como a un amigo, sino como a un hijo? Porque vos, por tu edad, sos un mocoso a mi lado…

—Bueno, ¿y dónde dormimos esta noche? Yo tendré que ir al hotel. ¿Y el periodista portugués? Ese sí que ha quedado en la rua…

—¿Cómo? ¿Se llevaron la cama del portugués?

—¿Qué cama? ¿El colchón, querrás decir? ¡Claro que se llevaron el colchón!

—¡Dios mío! ¡Es que el colchón era de él! ¿Cómo la arreglamos ahora?

—¿Que el colchón era del hombre del pijama a rayitas?

—Sí, lo compró con su plata.

—¿Y vos lo has vendido?

He aquí porqué, desde hace un par de semanas, vivo en un hotel y creo que la hospitalidad, como sentimiento amistoso, es muy linda, pero incómoda si a uno le venden la cama en que la apolilla.

Río de Janeiro en día domingo
(Martes 22 de abril de 1930)

Busco inútilmente una definición de Río de Janeiro ciudad. Porque Río es ciudad, no hay vuelta; pero una ciudad de provincia con una triste paz en sus calles muertas por el domingo.

Cinco de la tarde. Asomo la nariz al comedor de la casa de pensión donde vivo. La patrona, unas pensionistas, algunos pensionistas. Todos hacen una rueda en torno a la mesa y juegan unos tostones (moneda de tres centavos argentinos) al póker. ¡Juegan de cobres al póker! Hago devotamente la señal de la cruz frente a estos timberos audaces y rajo para la calle. Ni el consuelo de hacer gimnasia me queda, porque la Asociación está cerrada.

Calle

La calle donde vivo se llama Buenos Aires. Pues aunque debajo de «Buenos Aires» pusieran «República Argentina», como en las cartas, esta calle no sería menos esgunfiadora, triste y aburrida que las cien mil calles de este Río de Janeiro, sin jardines, sin pájaros, sin alegría.

Anoto: «Dos chicos en patas, color de chocolate, que juegan en medio del asfalto de la calle. Muchas mujeres descalzas en el balcón de un primer piso, apoyadas de codos en el pasamano. No sé lo que miran. Posiblemente no miran nada. Un turco vende uvas en una esquina. Tres mulatos inclinan en una lechería la cabeza sobre tres tazas de café. Miro por milésima vez la fachada de las casas, la piedra. Los arcos de piedra. Las columnas de piedra. Piedras... Negros y chicos descalzos. Vuelvo a persignarme. Me acuerdo de la timba doméstica ¡un testón a un full! Estoy seco de tanta virtud. Materialmente seco...».

Entro a una plaza cercada con una verja. Alta y robusta. La verja, que debía estar en la casa de los leones, no aquí en una plaza. De pronto, en mis oídos resuena el estrépito de una corneta. Es un automóvil que cruza la plaza. Aquí los automóviles pueden andar por las plazas.

¡Señor! ¡Hágase tu voluntad así en el Cielo como en la Tierra! Ten piedad de tu humildísimo siervo Roberto Arlt, ya seco de bellezas brasileñas.

Suma y sigue

Una rueda de chicos y chicas de todos los colores y edades juegan a algo que debe ser muy parecido a «la viudita de San Nicolás, se quiere casar y no sé con quién».

¡Perdona, Señor, nuestros pecados, como nosotros perdonamos a nuestros deudores! Una rueda de papanatas con barbas y sin ellas, se vierten en torno del círculo con las manos cruzadas atrás. En un prado, un animalito que tiene el cuerpo como una berenjena y la cabeza de un ratón juega entre lo verde. Más lejos, tres bestiecitas como esta se han detenido al pie de una palmera. Camino. No sé si estoy en África o en América.

Suma y sigue

En un banco de piedra, un negro vestido de luto. Al lado una negra vestida de rosa. Al lado de esta negra, una anciana de carbón piedra. El grone, que gasta anteojos con armadura de carey, ha tomado la mano de la negra de rosa, y mostrando magníficos dientes, le declara amor eterno. El grone debe llamarse Temístocles. La negra de rosa pone los ojos en blanco mayor, y la anciana de carbón piedra vuelve la cabeza para otro lado. Huyo de este paraje de Romeo y Julieta o Calixto y Melibea del mulataje, y murmuro:

—¡Hágase, Señor, tu voluntad, tanto en el Cielo como en la Tierra!

Y rajo.

En otro banco de piedra, y sin respaldar, veo a una pareja blanca. Como si no les fuera suficiente tenerse de una mano, se han tomado las dos manos. Me acuerdo de La gloria de Don Ramiro y el fraile que murmura, enseñándole un rosal a Ramiro:

—Agora llega la estación libidinosa (Señor, ten piedad de tu humilde siervo, que sólo encuentra tentaciones que sobresaltan su recato).

Pianto. No quiero que conturben mi castidad. Son las seis de la tarde. En todas las fondas y restaurantes hay gente morfando. Paso delante de tabernas que deben ser los infiernos del estómago. Frente a un restaurante que ulceraría no el duodeno, sino también una chapa de acero de cromo níquel. En uno veo este letrero: «Puchero a la española». Comer puchero en el Brasil es tan difícil como devorar caviar en Buenos Aires. Sigo de largo. Voy murmurando una retahíla de malas palabras.

¿Quién me mandó a mí salir de Buenos Aires? ¿Por qué fui tan gil? ¿No estaba tranquilo y cómodo allí?

¡Ah, juventud, juventud! Me acuerdo del Guzmán de Alfarache, que cuando muchacho salió a pedir limosna a la una de la tarde y todo lo que encontró fue un tacho de agua caliente con berzas revueltas, que un criado le tiró por la cabeza. Y las palabras que le dirigió un mendigo viejo:

—Eso te ocurre por buscarle tres pies al gato.

Nueve de la noche. Gente que espera el bondi para irse a dormir. Calles desiertas. Media docena de aburridos en cada café. Ventanas iluminadas. Me acuerdo de la timba en la pensión y me digo: «En cada casa de estas debe haber un escolazo de tostones». Enciendo un cigarro de dos mil reis y rechupo furiosamente.

¿Qué hago yo en esta ciudad virtuosa, quieren decirme? ¿En esta ciudad que no tiene crónica de policía, que no tiene ladrones, estafadores, vagos, rateros; en esta ciudad donde cada prójimo se gana el «feyon» y le regala un hijo bimensual al Estado? ¿Qué hago yo?

Porque aquí no hay ladrones. ¿Se dan cuenta? No hay cuenteros. No hay estafadores. No hay crímenes. No hay sucesos misteriosos. No hay pequeros. No hay tratantes de blancas. No hay la mejor policía del mundo. ¿Qué hago en esta ciudad tranquila, honesta y confiada?

Me siento en un café. Pido cualquier cosa. Medito tristemente mirando la calzada lustrosa y huérfana de gente. Me rasco la punta de la nariz. Y me digo, por cienmilésima vez, ¿qué es lo que se puede escribir sobre el Brasil? ¿El elogio del laburo? No es posible. ¿Qué dirán todos los vagos porteños si hago el elogio del laburo sin sábado inglés, sin timbas, sin nada? No hay caso.

¿Escribiré sobre negros? ¿A quién interesan los negros, que no sean sus cófrades, los ordenanzas del Congreso?

¿Escribiré sobre las meninas? Mi director tira la bronca, dice que me estoy volviendo «excesivo», y mi director no sabe que encuentro paz y calma en una hora cotidiana de gimnasia brutal. ¿Qué hago, quieren decirme? Volverme es lo que me parece mejor.

Divagaciones y locomotoras de fantasía

(Jueves 24 de abril de 1930)

Aquí ni a las locomotoras las pudieron hacer serias, como corresponde a la severa petulancia de la ingeniería mecánica. ¡Ni las locomotoras! Como si no les fuese suficiente con el colorido de los montes, de las mujeres y de los crepúsculos que encienden la ciudad de lluvia sonrosada o verdosa, adornaron también las locomotoras.

¡Y con moñitos! Yo digo la verdad.

En la estación

Me dirigía a Leopoldina. Fui a tomar el tren a la estación Pedro II. De entrada, un tufo de negro sudado me da en las narices. Es un galpón inmenso, con una multitud que va y viene todo el día. Las frutas fermentan en los cestos de los traficantes. Los rieles describen curvas, de modo que no se desenganchan para volver por una vía contraria, sino que entran a la estación y describen la curva. Nubes de humo, mugre por donde se mire. (Conste que no quiero hablar mal, me limito a reproducir casi fotográficamente lo que he visto).

Veinte kilómetros de viaje. Ida y vuelta en primera. Treinta centavos. Usted saca su boleto y entra al andén. Llega el convoy y cuando usted recuerda, hay gente colgada de los estribos. Entonces se resigna a esperar el otro tren y examina la locomotora.

Cúpula de bronce. Frente a la chimenea, una lira de bronce. Otras veces este adorno es sustituido por el cuerno de la abundancia. Otras veces por otra figura. Las palancas de la máquina al descubierto. Usted le ve los riñones, el vientre. Sobre los topes de los paragolpes, dos astas pintadas de colores aserpentinados, rojo, verde, amarillo. El paragolpes de rojo. Las cañerías de azul. Junto a la válvula de seguridad, una campana lustrosa parece fundida en oro. Usted mira la campana y frunce la jeta. «¿Para qué sirve la campana?», se pregunta. Y la campana sirve para batir peligro cuando el convoy se acerca a la estación. Usted ve al foguista que desesperado tira y afloja de la cuerda del cencerro. Así debían ser los trenes en los tiempos de Lord Beaconsfield, el excelente ministro de la Reina Victoria. Mucha agua ha corrido desde entonces hasta ahora bajo los puentes; pero no tengo la culpa. La locomotora tiene astas o banderillas, campana y moñitos. Si no lo cree costéese hasta aquí. ¡Ah! El maquinista se confunde con el foguista y el foguista con el carbón, mas este suceso no tiene importancia. ¿Quién no es negro o casi negro, aquí?

Adentro

Si usted tiene la desgracia de viajar de primera, al entrar al coche tiene que taparse las narices. No sé cómo son los vagones de segunda. Creo que mi director mandaría al canasto una nota que versara sobre los vagones de segunda. Bueno; imagínese usted asientos de paja espachurrados, maderas que se aflojan… Yo le pregunté a mi acompañante si los vagones no estaban construidos con cajones de automóvil y me dijo que no; pero yo sospecho que sí. Y una roña que espantaría a Hércules; y eso que Hércules se limpió íntegramente solito las caballerías del muy mugroso rey Augías. Una roña que da miedo en los coches de primera. En los de segunda, no digo oste ni moste. Hablo de los coches de primera.

Los guardas, macanudos. Arranca el tren y si hay asientos se recuestan y charlan con los pasajeros, mejor dicho, con las pasajeras amigas. De pronto, la campana empieza a tocar a rebato. Usted asoma la cabeza y aparece una plataforma, el tío de la campana le mete frenéticamente, y entre un desacompasado rechinar de frenos y sacudones de locomotora, se detiene el convoy. Para arrancar no toca la campana, ni hay pito; el tren se pone en marcha cuando el maquinista de visú ha comprobado que no hay pasajeros que trepen.

Un hedor agrio, catingoso, flota en todas partes. Yo lo miré a mi acompañante y le dije:

—Pero esta pestilencia, ¿de dónde sale?

Él me miró a su vez y muy amablemente me respondió:

—Debe ser del carbón de la locomotora este olor.

—Pero es que en Buenos Aires el carbón no tiene este olor…

—Deben usar otra marca.

—¡Ah!

El guardián se ha engalfado nuevamente en una interesante conversación con una indígena mestiza del Congo. Como no placía estar sentado, se recuesta en el asiento. El tren zarandeándose para todos los costados y echando un estrépito infernal, avanza a lo largo de la montaña. En los flancos de la montaña y de las sierras está el suburbio obrero. Veinte kilómetros. ¿Yo recorrí veinte kilómetros? Bajo el sol africano, este poblado de miseria, pedregoso, con calles que suben en escalinatas, con bananeros que se mecen a la orilla de acequias de agua podrida y tolderías de trapo, se acompaña perfectamente con la locomotora y los vagones de primera. De los de segunda no hablo, no los he visto; y no quiero desacreditar la mercadería sin haberla visto. Pero sí en primera…

Es hora de irse a dormir. Hasta mañana.

Castos entretenimientos
(Viernes 25 de abril de 1930)

En Río me entretengo casta y recatadamente. Parezco alumno del Sacre Coeur, si hubiera escuelas del Sagrado Corazón para hombres. Y donde me divierto casta y recatadamente es en el restaurante Labarthe. Insisto: me divierto inmensamente observando a tres personas.

Los tres

Da gusto mirarlos. Juro que da gusto y gozo inmenso ver qué bien se llevan los tres: el esposo, la esposa y el amigo de ambos. Da gusto y edifica el corazón ver tanta humana armonía. Los tres almuerzan y cenan todos los días en la caverna Labarthe, en una mesa que el sucesor de Labarthe ya ha ordenado que les reserven, aunque truene o llueva. El corazón se dilata y sonríe de satisfacción al ver qué posible y verdadera es la […] y los afectos que los malditos materialistas niegan con insolvente contumacia. Digo que da gusto mirarlos. Yo que me enveneno a plazo fijo en la caverna Labarthe, cien metros antes de llegar voy diciéndome:

—Deben estar en el primer plato.

Y gozo casta y recatadamente. No sé por qué. Quizá porque mi bondad encuentra bello el espectáculo de la ternura humana. Posiblemente porque, como soy hombre puro, aspiro a los espectáculos que levantan el corazón con un panorama celestial. Y por el diablo, que toda mi pureza y limpios pensamientos encuentran en la mesa de los tres un campo propicio para madurar santos pensamientos. Y gozo casta y recatadamente. Da gusto mirarlos. El amigo, siempre afeitado, petiso, gordito, la nariz respingada, los botines lustrados, los carrillos resplandecientes, los ojos que bailan de felicidad; el marido con barba de tres días, traje raído silencioso. Ella fresca, carnuda, alta, comestible en sumo grado.

Cuando se levantan, el marido coge su sombrero, en cambio el amigo galante la ayuda a la esposa de su buen compañero a ponerse el tapado. Luego se queda esperando que salgan, con los ojos que le bailan, los carrillos resplandecientes. Tan celoso es de la honra de su amigo, que cuando alguno mira a la señora, se enoja y observa furiosamente.

Y salen. A la noche, vuelven. Siempre así, siempre en buena amistad, en dulce coloquio. Da gusto mirarlos. Yo, que soy más bueno que el pan francés, gozo casta y recatadamente al verlos. Me doy cuenta de que la amistad es una de los más bellos presentes que Dios le ha hecho al hombre.

Los sucesores de Labarthe

Hoy he confesado a uno de los sucesores de Pierre Labarthe. Digo que lo he confesado porque ardía en curiosidad por saber de qué modo estos trúhanes le habían comprado el envenenadero al difunto Pierre.

En circunstancias en que estaba almorzando (el trío se había eclipsado) se acerca a mi mesa uno de los dueños, que es un portugués con callos plantares, nariz fofa y grandota, ojos licorosos y bastante cargado de espaldas. Me preguntó si la comida me gustaba, y como soy sumamente sincero, le contesté que en su fonda podía comer sin perder la salud el mismísimo Presidente de los Estados Unidos del Brasil, a lo que el hombre se inclina agradecido y me dice:

—Muito obrigado.

Y empecé a confesarlo:

—¿Así que usted y su socio fueron antes funcionarios en este restaurante?

Evité decirle que había sido «mozo» porque no hay que nombrar la soga en la casa del ahorcado. Además, cualquier turro que trabaja en un empleo no es empleado sino funcionario. Aquí se arregla a las personas con conversación y títulos, no con plata.

Otro fulano a quien el patrón hacía laburar catorce horas diarias por bicoca, agregaba:

—Sí, pero tengo la responsabilidad y el título de primer jefe.

Yo estuve tentado de preguntarle si con el título de primer jefe podía morfar; pero no lo hice dado que hubiera sido menoscabar el legítimo orgullo que le proporcionaba el nombramiento floripondioso. Mas, volviendo a nuestro relato, diré: entonces, el de nariz de remolacha y ojos licorosos me explicó que sí, que él fue funcionario durante largos años en el mencionado restaurante hasta que se lo compró a Labarthe, en ochenta contos. (Un conto son trescientos pesos argentinos). Es decir, en veinticuatro mil pesos.

—¿Y de dónde sacaron esa plata?

Casi, en vez de «sacaron», le digo: «¿Dónde robaron tanto aryant?». Y entonces el hombre, con ademán devoto, se explicó. Él y su compañero tenían veinte contos cada uno, o sea doce mil pesos de economías… a razón de seis mil pesos por cuatro patas, quiero decir, por cabeza. Buscaron otros veinte contos y Pierre Labarthe embauló de golpe y porrazo los veinticuatro mil pesos y reventó. Reventó dejando treinta mil contos, es decir, cerca de un millón de pesos moneda nacional.

Armonía

Hay que ver con qué armonía se llevan estos dos proveedores de clínica cancerosa y pompas fúnebres. La caja la atienden turnándose: una semana uno, otra semana el otro. Vigilan con más ojos que Argos el servicio, tratan a los mozos como si fueran perros, no hombres, y perros sarnosos por añadidura. He visto patrones y de todas las cataduras, pero déspotas como estos inverosímiles piojos resucitados, nunca.

Con los clientes gastan amabilidades de esclavo. En cuanto usted entra, el que está en la caja lo saluda con la mano; el otro, corre a su encuentro y le toma el sombrero. A usted le parece que algo falta en la mesa, cuando va a pedirlo, ya se avecina uno de los socios con la mercadería en la mano. Se anticipan a los deseos. Son perfectísimos. Para estos herejes, Dios es el cliente. A los mozos les ladran —no, es otro el término— les muerden los calcañares como los mastines a las ovejas. Cada semana hay cambio de personal.

A las ocho de la noche cuentan el dinero. Con las monedas hacen paquetes, con el papel fajos que rotulan. Hablan despacio entre ellos. He chusmeado que una noche uno compra el diario y se lo pasa al otro; a la siguiente, viceversa. Llego a suponer que hasta para usar la navaja de afeitar se turnan con exactitud. Son felices, no leen libros, ignoran la filosofía y empacan viento.

¡Qué lindo país!

(Sábado 26 de abril de 1930)

Yo no sé si ustedes recordarán que una vez, a un amigo mío, chauffeur, varios señores lo ocuparon, le hicieron dar unas vueltas, ensayar la velocidad del coche, y luego le dijeron:

—¡Qué lindo coche para un asunto!...

Reflexiones

No sé si también les he contado que tenía un amigo ladrón, técnico de la ganzúa, que me planteaba problemas como estos:

—¿De qué modo entrarías a esta casa? ¿Cómo abrirías esta cortina metálica?

¡Era un genio! ¡Vaya a saber a qué alto cargo lo ha conducido su talento! Posiblemente sea ahora bibliotecario en una cárcel.

Bueno: recorriendo muchas veces estas calles de Río de Janeiro; deteniéndome frente a escaparates de joyerías que tiene varios contos en pedrerías, relicarios de platinos, pulseras de oro macizo, cristales de todos colores, se me ha ocurrido más de una vez esta frase:

—¡Qué lindo salón para un asunto! ¡Qué calle tan desierta! ¡Qué magnífico subterráneo se podría hacer, en un día, en calle tan estrecha!

Aquí escasea la vigilancia. Usted toma un diario de la mañana o de la tarde y minga de crónica policial. No hay ladrones. El magnífico y siempre nuevo cuento del billete de lotería, del legado del difunto, de la herencia del tío; el ardid de la quiebra fraudulenta, de la cartera con vento, la sutileza del vento misho, de la máquina de fabricar plata, no tienen en Río cultores ni profesores ni académicos. Los únicos académicos son los de la Academia Literaria… que no roban a nadie, como no sea literariamente. Y eso no se llama «robo», sino «plagio».

En este sentido camino asombrado y le digo a mi amigo:

—Pero, dígame, ¿aquí no hay profesionales en eso de reventar cajas de acero? Vea esa joyería. ¿Quién no se da cuenta a la legua de que se presta para un asalto en banda y a mano armada? Vea ese banco solitario. Esa casa que únicamente trafica en piedras preciosas y que al lado tiene un conventillo atorrante. Un sencillo agujero en la pared…

Mi amigo es brasilero. Me mira espantado y se prende el saco. Yo continúo:

—¡Y la calle sin vigilancia! La gente que se acuesta a las siete de la tarde. Toda una noche para laburar. Si es un pecado, amigo, no asaltar esa joyería.

Gente dichosa

¡Gente dichosa! Cien veces dichos. De los diarios leen solamente las cuestiones relacionadas con política. La policía, cuando tiene trabajo, es porque ha ocurrido un drama pasional: él, cadáver; ella, muerta; el amigo, fiambre también. En fin, la eterna trilogía que no pudo concebir Dios en el Paraíso, porque en el Paraíso sólo existían Adán y Eva, y el día que intervino un tercero, la serpiente, ya se armó el lío. Si en vez de la serpiente, es hombre, la raza humana no existe. Fuera de eso, la delincuencia es reducidísima. El trabajo de la policía se limita a expulsar a los comunistas, vigilar a los nativos a los que les da por esas ideas y dirigir al tráfico.

Alguna que otra vez estalla una revolución, pero eso no tiene importancia. Revolucionarios y leales tienen el buen y perfecto cuidado de interponer siempre entre sus personas una distancia razonable, de modo que la opereta continúa hasta que los revolucionarios llegan a terreno neutral. Y como para llegar a terreno neutral median millares de kilómetros, una revolución suele durar un año o dos sin que por eso la sociedad tenga que lamentar la desaparición de ninguno de sus benefactores.

A veces estalla también un crimen bárbaro. Aparece alguno de esos monstruos que concitan en torno de una persona, casi de inmediato, un regimiento de médicos legistas. No se le manda a la cárcel, sino al manicomio de locos delincuentes. Las familias comentan el hecho durante un mes, luego se olvidan y la dulce vida sigue su ritmo, del travallo a casa y su viceversa.

La gente va una vez o dos por semana al cine. Los cines son chiquitos como bomboneras, no tienen techo corredizo, salvo uno. Se suda con tanta amplitud en el interior de esas joyas cinemáticas que ir al cine presupone además la ventaja de darse un baño turco.

Los noviazgos son largos y seguros. Hay leyes tremendas que defienden a las mocitas contra los que les hacen una macana. Gruesas indemnizaciones pecuniarias, cárcel o casamiento. Y la ley no es nada, pero nada indulgente en dicho sentido. Desdichado del que se mete a hacer el novio y luego quiere tirarse a muerto. Va bien muerto. Se casa o lo encanan sin grupo, a menos que raje del Estado. De ahí esa libertad magnífica que tienen los novios. Las familias van a pura ganancia. Bueno; seamos consecuentes. También si así no fuera, con la calor que hace y los temperamentos que existen, esto sería un «disloque muerto de risa», como decía otro amigo mío, andaluz por añadidura.

Esa agresividad

Nicolás Olivari, el poeta de La musa de la mala pata y de El gato escaldado, que ha estado en Brasil, me decía una vez:

—No hay sujeto más aburrido ni más agresivo que el porteño. Nuestra gente anda por la calle como si deseara tener camorra con alguien.

Y es cierto. Está en un permanente estado de agresividad contenida. Tranvías, trenes, ómnibus, la geta de todos es la misma. Ganas de armar broncas con alguien.

Aquí, será efecto del clima o de la educación, el pueblo es dulce, manso, tranquilo. Usted viaja en un tren cargado de gente pobre y al cuarto de hora, si quiere puede estar charlando con todo el mundo. Lo atenderán gentilmente, amablemente. Hasta el tuteo es respetuoso. Nosotros decimos «vos hablás», ellos se llaman «o senhor», así, en solamente tercera persona.

No hay teatro, lo que nosotros llamamos «teatro nacional», es decir, sainete y obras representativas de nuestras costumbres y cultura. En los teatros se representan obras extranjeras.

En fin; la gente vive tranquila, dichosa, feliz casi. El pobre resignado con su suerte no piensa o no sabe que existe una posibilidad de mejora social; el empleado lo mismo… Y así… ¡vaya a saber hasta cuando! Hay servicio militar obligatorio, pero nadie se presenta. En fin, una jauja, sin cadenas de chorizos.

Dos obreros distintos
(Domingo 27 de abril de 1930)

A cualquiera se le ocurre que el obrero de Río de Janeiro es igual al de Buenos Aires; mas está equivocado. Obsérvese que no me refiero al obrero de los campos, sino al de las ciudades. En este caso, exclusivamente, la comparación se refiere al obrero de Río y al de Buenos Aires. No sé si en San Pablo, Bahía, Pernambuco o Manaos el obrero es distinto. Hecha esta salvedad, vamos al grano.

Impresiones de la biblioteca

Conversando con periodistas de los diarios O Jornale y Jornale da Noite, les decía que en nuestra capital, en todas las barriadas, Parque Patricios, Mataderos, etc., había centros obreros de distintas actividades. Estos centros, algunos minúsculos, les decía, tienen una biblioteca insignificante, libros de Zola, de Spencer, Reclus, la Biblioteca Roja, Semper, la de «La cultura argentina», que fundó Ingenieros y, en fin, manuales de cultura popular hasta decir basta. Agregaba yo que el obrero argentino, porteño, lee, se instruye aunque sea superficialmente, se agremia, y en cuanto ha salido de su trabajo se trajea, confundiéndose con el empleado. Así ocurre con el gremio de mecánicos, pintores, impresores, zapateros, etc.

Aquí en Río, no ocurre nada de eso. El obrero no lee, no se instruye, no hace nada para salir de su condición social pobrísima, en la cual el traje de trabajo es como un uniforme que sólo se quita al ir a dormir. Y conste que la población de Río es, numéricamente, igual a la de Buenos Aires.

Para darle una idea del fenómeno que anoto, respecto a la cultura popular, tómese en cuenta este dato. No hay ningún diario aquí que tenga un tiraje cotidiano de ciento cincuenta mil ejemplares. Compárense con los tirajes de los rotativos de nuestra población: El Mundo, La Nación, La Prensa, Crítica y otros, y se dará cuenta el lector lo que se lee en Buenos Aires y lo que se lee en Río. Me decían en O Jornale que aquí, antes de sacar a un diario, entre los cálculos de administración que se hacían entraba el de venta de ejemplares, cuando por el contrario, en Buenos Aires, la venta da pérdida y el aviso, ganancia.

He interrumpido la nota para dársela a leer a un periodista de O Jornale, el señor Novrega. Ha leído la hoja, y exclamó:

—Tiene razón. Pero el día que estos cuarenta millones de hombres lean, Brasil será un peligro. Y Norte América lo sabe…

Y Novrega acaso tenga razón.

Volviendo al obrero

El obrero de Río de Janeiro trabaja, come y duerme. Mezcla de blanco y negro, analfabeto en su mayoría, ignora el comunismo, el socialismo, el cooperativismo. Ustedes recordarán que en más de una nota yo hacía chistes respecto a nuestras bibliotecas de barrio y de nuestra superficialísima cultura. Ahora me doy cuenta que es preferible cien mil veces una cultura superficialísima a no tener ninguna. Nuestros críticos teatrales también hacen una labor negativa. Critican el sainete, que le interesa a nuestro público. Incapaces de escribir un pésimo acto, hablan continuamente del arte y se olvidan del pueblo. (En Brasil estarían orgullosos y felices de tener un Vacarezza). En tanto el pueblo nuestro, el obrero, concurre al cine, al teatro, más al teatro que al cine. Llega a su casa y habla de lo que vio. Los hijos lo oyen. Se forma una atmósfera cultural. ¿Qué digo? Ya está formada. En la Asociación Cristiana de Montevideo, me decía un señor chileno, refiriéndose a su patria:

—Nuestra cultura es profunda, pero no tiene ninguna extensión. La de ustedes los argentinos es superficial y extensísima. Y para un pueblo en formación es preferible la extensión a la profundidad. Ella vendrá después.

Y tenía razón.

Es necesario viajar para darse cuenta de ciertas cosas. Lo bueno y lo malo. Teatros, diarios, novelas, cuentos, revistas, están formando en nuestro país un pueblo que hace que uno a lo lejos se sienta orgulloso de ser argentino. Aquí, el obrero, ni por broma va al teatro. Ni tampoco lee. ¿Se dan cuenta ustedes? Teatro, lectura, son lujos reservado para la gente de dinero… para la gente de dinero, cuando en día de ópera, no hay albañil en Buenos Aires que no vaya al escalón de un gallinero en el Marconi o en el Pueyrredón de Flores para salir tatareando el aire en el que descuella su ridículo tenor.

Conclusiones

El obrero argentino se ha asegurado, dentro del país en que vive, un puesto no social, sino con las comodidades que aquí están reservadas para una clase social. Obrero o empleado, en nuestra ciudad suena lo mismo. Aquí, no. El obrero es una cosa que viste mal, trabaja mucho y vive peor. El empleado trabaja mucho, va una o dos veces al mes al cine, en cuanto sale de su oficina se cambia de traje y hasta el día siguiente no se mueve de su casa.

Nuestro obrero es discutidor porque entiende de cuestiones proletarias. Hace huelgas, defiende rabiosamente sus derechos, estudia, bien o mal; manda a sus hijos a la escuela y quiere que su hijo sea «dotor» o que ocupe una posición social superior a la suya. Viste a la par del empleado, sobre todo el obrero joven, que es más evolucionado que el viejo. Ya lo dije… obrero… empleado… en nuestra ciudad suena lo mismo. Claro está, con la diferencia de que el obrero gana más y no lo dejan en la vía como se hace con el empleado.

En Buenos Aires estamos acostumbrados a dicho espectáculo y nos parece el más natural del mundo. Pero venga aquí, converse con personas cultas al respecto de este problema y todos, sin excepción, aún el brasileño más patriota, le dirá:

—Tiene razón. El obrero argentino está en un nivel intelectual enormemente superior al obrero brasileño.

Y de pronto usted se da cuenta de esto. Que los malos escritores, los malos periódicos, las malas obras de teatro, toda la resaca intelectual que devora el público grueso, en vez de hacerle daño al país, le hace bien. Los hijos de los que leen macanas, mañana leerán cosas mejores. Ese desecho es abono y no hay que desperdiciarlo. Sin abono, no dan las plantas hermosos frutos.

Cosas del tráfico

(Lunes 28 de abril de 1930)

En Río de Janeiro el tráfico es bastante distinto al de Buenos Aires. Ante todo, no se encuentran carros en la ciudad. El transporte se hace casi totalmente en camiones.

Sincronización

El trafico está sincronizado, es decir que no hay «varitas». En cada bocacalle una columna con luces rojas y verdes indica cuándo los coches se deben detener y cuándo hay vía libre. Dicha señal reza también para el público, y yo no sé cómo no he muerto aplastado, porque los primeros días no me daba cuenta del fenómeno y cruzaba de todas formas. Además otro detalle: en la Avenida de Mayo los coches que circulan por la izquierda van hacia el Este y los que van por la derecha hacia el Oeste. Aquí es al revés. De modo que durante muchos días usted observa de contramano y, claro está, no ve coches, que son los que vienen a sus espaldas.

Los tranvías, en conjunto, van a parar a dos estaciones. Una techada, llamada Galería del Cruzeiro, donde hay muchas tabaquerías, y otra, la Plaza Tiradentes. En las calles que rodean esta plaza abundan los sacamuelas. Me imagino que de dicha vecindad deriva el nombre de la plaza. (Disculpen el chiste).

En otra nota dije que los tranvías eran lo más barato que había. Hay recorridos de tres centavos, de seis, de nueve, de doce y de quince. Un consejo: cuando tome un bondi de cuatrocientos reis, lleve comida o vianda. Viaja todo el día a una velocidad fantástica. Kilómetro tras kilómetro y no acaba de llegar al punto terminal de la línea.

Los ómnibus son caros. La tarifa elevada es superior en tres o cuatro veces a la del tranvía. En los ómnibus no hay boleteros. Usted sube y se sienta, mira en redor y entonces observa que junto al chauffeur hay un aparatito que es una columna cuadrada de hierro, con la parte superior de cristal. Esta parte superior deja ver una dentadura metálica. Por una ranura se echa el importe del viaje. La dentadura metálica impide que con pinzas u otro instrumento el chauffeur pueda afanarse las monedas. De trozo en trozo del trayecto suben al coche unos forajidos que gritan:

—¡Trucco!

Usted se siente tentado de gritar: «¡Quiero! ¡Retruco!». Haga la prueba de decirlo y verá, inmediatamente, que el hombre saca un montón de monedas y le ofrece cambio. Se llaman «trocadores» y su misión consiste en impedir que los pasajeros, alegando que no tienen cambio, rajen sin pagar.

Los inspectores de los tranvías llevan un nombre más altisonante. Se llaman «fiscales». Usted les sobra la pinta y dan ganas de reírse. Estos fiscales van peor maltrechos que nuestros guardas de ómnibus suburbanos.

Automóviles no se pueden tomar. Resulta más barato hacerse un traje en mensualidades. Los chauffeurs se pasan el día a las espaldas del Teatro Fénix, jugando a la rayuela o a las carreras… pero a pie.

Lo que está a precios brutalmente baratos es la navegación. Un viaje de veinte minutos en barca cuesta doce centavos. Un pasaje de una hora y veinte minutos a la Isla de Paquetá, diez y siete centavos, ida, y otro tanto de vuelta. Se aburre uno de navegar por tan poca plata.

Son los vehículos acuáticos barcazas de dos puentes, con bancos laterales. Andan accionados por tremendas ruedas. Cuando hace mucha calor, la gente se quita los botines y el saco, y ahí sufren las personas de olfato delicado o no habituadas a esa familiaridad, sobre todo en el primer puente, donde, mezclados con las personas, van cargas de muebles, sacos de arroz, de porotos (aquí el plato nacional es porotos mezclados con arroz), fábricas ambulantes de sorbetes y algún zebú.

Yo no sé si ustedes sabrán lo que es un zebú. Acaso lo conozcan de nombre, si bien en el Zoológico de Buenos Aires hay algunos ejemplares. Se trata de un buey africano. Tiene joroba en el lomo y cornamenta como algunos cristianos. En las novelas de Rider Haggard abundan los zebúes. Yo me acuerdo de que Allan Cuatermain, el cazador de las Minas del Rey Salomón, compró una docena de zebúes para ir hacia el desierto, que miraba al «pecho del Sebha». Y como este es un animal empleado en el tráfico (en el tráfico lerdo), diré que en la noche, cuando usted anda descaminado en alguna calle de esas que están a una legua de su casa, de pronto, en el silencio y la soledad, en alguna bocacalle, aparece al frente de un carretón monstruoso este buey jorobado, que camina con lento paso. A su lado, junto a las astas, marcha descalzo el carretero, o el cebulero, con una pequeña lanza en la mano.

Después está el funicular. Ese lo he descripto en una nota anterior. ¡Ah! En el puerto hay amarrado un submarino brasileño. Voy a ver si consigo permiso para visitarlo y les describiré lo que es este aparatito tan chico, menudo, largo, con una torrecita arriba, rectangular y que los deja pálidos a los comandantes de los super dreadnaughths. Hoy me he escrito dos notas, he hecho una hora de gimnasia, veinte minutos de polea, diez de pelota, treinta de gimnasia sueca y tengo la esquena que me arde de fatiga. Así que basta…

Llamémoslo «jardín zoológico»
(Martes 29 de abril de 1930)

Quiero suponer que el jardín zoológico de Río de Janeiro no tiene director. Quiero suponer que las pobres bestias allí encerradas no se ofenderán que yo llame a ese inquilinato con el nombre de «jardín», porque juro que en mi vida jamás había imaginado dar con rincón más atorrante que aquel. Es algo fantástico, desmesuradamente fantástico, «alucinante» como dice mi camarada, el genio portugués. Y si no es cierto, si lo que digo no es verdad, que me pidan la renuncia.

Las piezas de los leones

Si no me creen lo que voy a decir, presento la renuncia o hago que saquen una fotografía de la pieza de los leones. El león y la leona, como un matrimonio sin hijos, ocupan dos bulines; uno cada uno. Estos bulines son de ladrillo, piso de tierra, paredes de 15 centímetros de espesor. Cada pieza mide de largo cinco metros; de ancho, cuatro metros. La altura son tres metros... y sin techo...

Es para quedarse frío. Les prevengo que yo pegué un salto cuando vi eso. Cualquier día, la leona que es cabrerísima, nos va a dar un dolor de cabeza. La pieza no tiene techo, como no ser el natural plafón celeste. Las paredes son bajas, un buen salto y «salute, Garibaldi». Como que ayer a la tarde se quería rajar. Resulta que un grone, para hacerse el rana, empezó a embromarla a la dona con un palo. La leona se puso de pie y si se empeña un poco queda libre. Todos nos espantamos y vino un forajido (supongo que era un guardián) y armado de una caña tacuara, empezó a darle garrotazos a la leona y a gritarle, hasta que esta adoptó su posición natural, es decir, la de andar en cuatro pies.

Y no vayan a creer que son leones de juguete. No. Son de verdad, de carne y hueso. La reja que los separa de nosotros, los cristianos, tiene menos grosor que la de nuestras verjas para jardines domésticos. Insisto: cualquier día, con esas malas bestias, se va a armar un lío de Dios es Cristo; y más de un negro va a pagar los platos rotos. Lo que es yo, no vuelvo más por el zoológico. Me bastó una visita.

Nota aclaratoria

Las dos piezas, revocadas y pintadas de azul, que ocupan los cónyuges leonosos, llevan este ampuloso título: «Villa dos leoes». ¡Se necesita imaginación! Bueno; en este inquilinato de los animales, todo es imaginación, desde el título de «jardín zoológico» hasta el «serpentario».

¿Y el serpentario?

El serpentario es una papa. Algo digno de la fantasía de un mantequero persa. Un galpón sucio, construido con tablas, donde han ensayado el color de sus pinceles cuantos pintores de brocha gorda pasaron por allí. En este galpón, a medias de cinc y a medias de tablas, pernoctan las serpientes. Las serpientes están colocadas dentro de algunos cajones que deben haber sido cajones de aceite en otra época, y la tapa no es de vidrio, sino de alambre tejido de malla muy fina. Esto se presta para la siguiente diversión. Las serpientes son muy aficionadas a dormir y más en la semioscuridad del galpón húmedo. Bueno, la diversión consiste en lo siguiente: hay que llevar una caja de fósforos y un habano. Se enciende el habano y se raspa el tizón sobre el tejido, encima del lomo de las serpientes. Las chispas caen encima de las víboras y estas respingan que es un contento. Las hay de ligero color bronceado, otras que parecen espolvoreadas de limaduras de acero, finas, elásticas, venenosísimas. Cuando el fuego les cae encima, fuera de las fauces les ondula la lengua como una chispita negra. Si uno quiere llevárselas, nadie se opone porque los guardianes brillan por su ausencia. En un jaulón más grande, también forrado de alambre tejido, habita una boa constrictor que tendrá nueve metros de largo y treinta centímetros de diámetro. Una bestia monstruosa.

Casillas de animales

Salvo la casa de los leones, la de los tigres y la de un pobre oso melancólico y solitario, en este parque animal, con declives, lleno de restos de suciedades, tablas podridas, trapos inútiles, fierros oxidados, las casas de los bichos son cajones y parecen gallineritos de madera pintados de azul o de rojo.

Los animales son escasos; ni monos hay casi. La extensión de esta Arca de Noé (porque así, en semejante promiscuidad, debían vivir las bestias en el tiempo del Diluvio) es de unas cuatro manzanas cuadradas. Allí se encuentran montecillos semidestruidos, casas de tiro al blanco abandonadas, ranchitos, calesitas entre cuyos caballos crece pasto, un restaurante donde ni los animales comen, acequias de agua podrida, árboles derribados, galpones solitarios, jaulas con pavos reales y plebeyos, gatos matreros (no sé de dónde salen tantos gatos, en cada cantero hay uno acurrucado). Miro a lo alto y del tejado de un segundo piso de una casillona de madera veo que cuelga un trozo de lona podrida. Doy con los pies en un montón de barras de hierro oxidadas. De pronto me encuentro frente a un cerquito donde se esgunfia un bisonte y árboles, ruinas, jaulas, todo le da a uno la sensación de haber entrado en una especie de laboratorio de animales, al Arca de Noé, al Paraíso terrenal, pero después de un ciclón o del combate que los ángeles tuvieron con los demonios.

Juro que es de asombrarse. Juro que el zoológico de la ciudad de Córdoba es infinitamente superior a este y que el de Buenos Aires, el nuestro, es al de aquí, lo que Marcel Proust al hombre primitivo…

Por eso comencé mi nota con estas optimistas palabras: «Quiero suponer que el jardín zoológico de Río no tiene director». No, no lo tiene. No es posible.

Postdata. No quisiera que esta nota provocara un conflicto diplomático.

Sólo escribo sobre lo que veo

(Miércoles 30 de abril de 1930)

Mi director me escribe: «Río debe ofrecer temas interesantes. Hay museos, conservatorios de música, cafés, teatros, la vida misma de los periódicos…».

Inocencia

Inocencia. Inocencia, precioso tesoro que cuando el hombre lo pierde no lo vuelve a reconquistar. Inocencia pura y angelical. ¿Conservatorios en Río?

¿Teatros en Río? Una de dos, o yo estoy ciego o mi director ignora en absoluto lo que es Río de Janeiro. Y tan en absoluto que yo no puedo menos de escribir lo que sigue: «Ando todos los días un mínimum de dos horas en tranvía. Otras veces voy a las islas, otras, a los barrios obreros. Y lo único que se ve aquí, es gente que trabaja. ¿Cafés? Ya he mandado una nota sobre los cafés. ¿Conservatorios de música? O yo estoy ciego o en este país los conservatorios no tienen letreros, ni pianos. Porque de mi vagabundaje por infinitas calles, sólo una tarde de domingo en la Isla de Paquetá escuché un estudio de Bach en un piano». Ya yo lo veo a mi director agarrándose la cabeza y diciendo: «Arlt está mal. Arlt se ha vuelto sordo».

No, no me he vuelto sordo. Por el contrario: estoy desesperado por escuchar un poco de buena música. Y, escuetamente, diré lo que no he visto.

Busco infatigablemente con los ojos academias de corte y confección. No hay. Busco conservatorios de música. No hay. Y vean que hablo del centro, donde se desenvuelve la actividad de la población. ¿Librerías? Media docena de librerías importantes. ¿Centros socialistas? No existen. Comunistas, menos. ¿Bibliotecas de barrio? Ni soñarlas.

¿Teatros? No funciona sino uno de variedades y un casino. Para conseguir que la Junta de Censura Cinematográfica permita dar la cinta Tempestad sobre Asia hubo reuniones y líos. ¿Periodistas? Aquí un periodista gana doscientos pesos mensuales para trabajar brutalmente diez y doce horas. ¿Sábado inglés? Casi desconocido. ¿Reuniones en los cafés, de vagos? No se conocen. Tiraje máximo de un diario: ciento cincuenta mil ejemplares. Quiero decir «tiraje ideal»: ciento cincuenta mil ejemplares, porque no hay periódico que los tire.

No estamos en Buenos Aires

Es necesario convencerse: Buenos Aires es único en América del Sud. Único. Tengo mucho que escribir sobre esto. Allá (y eso se lo he dicho a los periodistas de aquí), allá, en el más ínfimo barrio obrero, encuentra usted un centro cultural donde, con una incompetencia asombrosa, se discuten las cosas más trascendentales. Puede ir a Barracas, a Villa Luro, a Sáenz Peña. Cualquier pueblo de campo de nuestra provincia tiene un centro donde dos o tres filósofos baratos discuten si el hombre desciende o no del mono. Cualquier obrero nuestro, albañil, carpintero, portuario, tiene nociones y algunos bien sólidas, de lo que es cooperativismo, centros sociales, etcétera. Leen novelas, sociología, historia. Aquí eso es en absoluto desconocido.

¿Aquí? Aquí la única frase que usted oye, señor, en la boca de gente bien o mal vestida, es la siguiente:

—Se travalla.

Donde va, usted escucha dichas palabras bíblicas. Vean: en la Asociación

Cristiana de Montevideo, todas las noches se armaban unas tremendas discusiones sobre comunismo, materialismo histórico, etcétera. No hay casi estudiante uruguayo que no tenga preocupaciones de índole social. Aquí eso no se conoce. El obrero, albañil, carpintero, mecánico, vive aislado de la burguesía; el empleado forma una casta, el capitalista, otra. Y como decía en una nota: los obreros ni por broma entran a los cafés donde va la «gente bien». Hay tranvías de primera clase y de segunda. Sí, tranvías. En los de segunda clase viajan los trabajadores. En los de primera, el resto de la población. No confundir con coches de primera, sino un conjunto: coche motor y dos o tres acoplados de segunda clase. Y esto ocurre en Río, donde hay dos millones de habitantes. Cuando me dijeron que Río tenía dos millones, yo no podía admitirlo. Y es que pensaba en Buenos Aires. Me hablaron del jardín botánico como la séptima maravilla. Fui a verlo y me dejó frío. Es inferior por completo al de Buenos Aires. Fui a barrios obreros y he recibido una sensación de terror. Durante varios días caminé con esa visión en los ojos. Fui a los barrios de cuatro cuadras cuadradas, donde se ejerce la mala vida, en compañía de un médico.

Eso es el infierno. Y cuando salíamos de allí, me dice el hombre:

—¿Y sabe usted que aquí nunca llega la inspección médica?

—¡Cómo! ¿No hay inspección municipal?

—No. Ni alcanzarían todos los médicos de Río.

«Se travalla». Esa es la frase. Se trabaja brutalmente, desde las siete de la mañana hasta las siete de la tarde. Se trabaja. No se lee. Se escribe poco. Los periodistas tienen empleos aparte para poder vivir. No hay ladrones. Los pocos crímenes que ocurren son pasionales. La gente es mansa y educada. Más aún, las casas de radio, que han infectado nuestra ciudad porque en el último boliche del último barrio encuentra usted un altoparlante aturdiendo a la vecindad, son escasas aquí. Y si no, venga a Río y mire las azoteas. No va a ver antenas casi. Pasee por las calles. No va a oír música.

«Se travalla». Se trabaja. Y después se duerme. Eso es todo; eso es todo, ¿comprenden? Hay que haber vivido en Buenos Aires y luego salir de él para saber lo que vale nuestra ciudad. Y después los críticos literarios se indignan con lo que contaba Castelnuovo en sus escasas páginas de un viaje por Brasil. Lo que ha dicho Castelnuovo no es nada. Lo que vio Castelnuovo en la «La charqueada», se ve aquí, en Río, en cualquier parte. Eso y muchas otras cosas más, que Castelnuovo no contó. Sobre todo lo que se refiere a la vida social del bajo pueblo.

«Se travalla…». Eso es todo. Y nada más.

Se lo recomiendo para combatir el calor

(Jueves 1.º de mayo de 1930)

«Yo creo que le debo contar al lector, punto por punto, sin omisiones, sin efectos y sin lirismos, todo cuanto hago y cuanto veo» («La mancha», Páginas escogidas, Azorín).

Esto escribía el simpático Azorín, cuando el director de un periódico español lo mandó a pasear, como ha hecho el director de El Mundo conmigo. Es conveniente que haya directores de periódicos así. Cuando se mueran, uno los recordará diciendo:

—¿Fulano? Era muy bueno... Por él fui a X... Aunque X sea Brasil o Alemania.

Bueno. Pero yo no iba a contar esto, sino lo siguiente: tan disparatado es ir al Brasil a hacer gimnasia sueca, como sembrar bananas en el Polo. Y sin embargo, todos los días me fajo mi buena hora de gimnasia. Sí, señores; sesenta minutos, sin grupo ni descuento.

Es necesario

Seis días estuve meditando si iría a la Asociación Cristiana de Jóvenes Brasileños a descoyuntarme o no. Seis días en cuyo lapso no sé cuántos miles de reis hice saltar en refrescos, naranjadas y sorbetes. Ni a la sombra, ni al sol, encontraba alivio para el calor que le derrite los sesos a cuanto hombre del Sur llega aquí. Y me decía: «Como continúe de esta forma o me estalla el estómago de tanta porquería como ingiero o quedo reducido a una mínima expresión, vale decir: más chato que cinco de queso».

Intenté el procedimiento de los baños. No dan resultado. Fui a Copacabana. Lo de las muchachas de Copacabana es una mula. He visto algunas que se bañaban y no causan ningún efecto. Es inútil: la mujer, para interesar, tiene que estar vestida. Bien lo sabía cuando el diablo le sugirió a San Mael que hiciera adoptar el uso del vestido a las pingüinas. Y San Mael cayó en el enredo de Satanás.

Adopté el sistema de quedarme inmóvil horas y horas en una catrera, como un Buda bajo la higuera. Conté todas las rajaduras que tenía el cielorraso; todos los nudos que tenía el fruncido de una cortina y ni medio. El cogote me sudaba como el de un mulo de noria.

Visto y comprobado sobre el terreno que los sistemas fallaban por su base y que en ese tren me quedaría flaco, escuálido y qué sé yo cuántas cosas más (sumado el agravante de que en cuanto sale a la calle usted empieza a sintonizar con toda mujer que mira y pasa), la tarde del 1.º de abril tomé mi pantaloncito, las alpargatas y la camiseta de hacer gimnasia, y rajé para la Asociación.

Sesenta minutos

Desde entonces me fajo sesenta minutos de gimnasia cotidiana. Esto sin contar la que hago antes de irme a dormir y al levantarme. Creo que soy un héroe. ¡Hago gimnasia en el Brasil! Resignándome como quien va al suplicio, me encamino todas las tardes a la Yumen (tiene un regio edificio). Me cambio, bajo a un sótano y empiezo a trabajar en los aparatos. Subo y bajo unas pesas endiabladas. Primero de pie, después de espaldas, después acostado, semiacostado, oblicuamente. Por las espaldas y el pecho me corren gotas de sudor gordas como porotos.

Y como el arte está en el matiz, al rato empiezo a trepar igual que un mono por una pared de travesaños redondos y hago flexiones colgado de los brazos. Este es un régimen macanudo para quedar en piel y huesos. Se lo recomiendo a los gordos.

Después me acuesto en el suelo de cemento armado. Queda uno como si le hubieran aplicado una pateadura jefe. Y en cuanto usted empezó a respirar, suena el pito del profesor de gimnasia llamándolo a clase, porque la que ha hecho uno es clase individual y no vale. Y allí son otros treinta minutos de fajada consciente y organizada, con palos y con bochas. Luego la variación de trote, trote de todos los matices y estilos. Cuando termina, una ducha de agua fría, que aquí no es como en Buenos Aires, donde hay agua caliente. ¡Minga! Agua bien fresca. Esto se lo recomiendo a los neurasténicos y cocainómanos.

Y sale a la calle

Y sale a la calle con garbo gentil y majestuoso continente. Claro, después de todo ese laburo de flexiones, arqueamientos, saltos, estiramiento de piernas y brazos, tensión de músculos y la mar en coche, el esfuerzo de caminar resulta insignificante. El cuerpo no se siente, por más calor que haga. ¿Cómo se va sentir, después de semejante fajada? Y es la única forma de mantenerse bien. Si no, se va muerto. Sobre todo nosotros, los «de clima frío».

La temperatura, aquí, agota al hombre del Sur. Dese cuenta: el efecto lo sienten los nativos, que deberían estar acostumbrados, cuanto más nosotros… Los primeros días de llegar a esta ciudad, se camina con la cabeza abombada. Usted sale lo más bien de su casa y, de pronto, todo le baila ante los ojos. Está mareado de calor, groggy, ese es el término. En cambio, con la gimnasia, ¡ríase usted del calor! Por brutal que sea, el cuerpo absorbe la fatiga, se vuelve más elástico, más recio, y «probarla es adoptarla».

He aquí el único medio para el argentino que quiere venir a vagar en este país de «paz y orden».

¡Ah! Se me olvidaba: también se puede comprar una heladera y atorrar en ella.

La belleza de Río de Janeiro
(Sábado 3 de mayo de 1930)

El visitante no puede darse cuenta de lo que es Río de Janeiro, sin subir al Pan de Azúcar y para resolverse a subir al Pan de Azúcar, por lo general, se medita una hora. Porque son trescientos metros de altura y…

Una obra de ingeniería brasileña

Pongamos que usted se encuentra en la avenida Rio Branco y mira hacia el Pan de Azúcar, que es un monte; no: es la punta de una granada gigantesca, medio clavada en la tierra. Un casco de proyectil verde. Entre este proyectil y Monte Vermello, hay un socavón inmenso, cierto valle boscoso. Un telón de cielo azul; y si usted mira insistentemente, entre los dos montes, distingue, suspendido, un hilo fino, negro. Luego, si usted mira mucho, ve que por ese fino hilo se desliza un rectángulo negro, velozmente. De pronto desaparece. La punta del Pan de Azúcar lo ha tragado. Es el funicular.

Se llega a la estación del funicular en tranvía. Cuesta nueve centavos el viaje y usted se harta de andar tanto.

Además, se cansa de decirse a cada momento: «¡Qué bárbaros estos brasileños!». Tienen un país magnífico y ni por broma le hacen propaganda para que vengan turistas. Bueno, se llega a Playa Vermella y allí está el monte: piedra gris, un bloque sin declive, que cae a pico sobre la Avenida Beira Mar. Enfrente, una garita de cemento armado. De esta garita salen los cables de acero de unos tres centímetros de diámetro. Con un declive de sesenta grados más o menos. Es brutal. Usted mira los cables de acero, el funicular y de pronto piensa: «Si se rompen los cables van a tener que juntarnos con pinzas». Altura inmensa que se le cae sobre la cabeza. Una emoción extraordinaria de ascender a esa altura en un declive semejante. El viaje de ida y vuelta al Pan de Azúcar cuesta seis mil reis: un peso ochenta de nuestra moneda. Bueno: usted sube, con cierta ansiedad, a la garita encapsulada. El guarda cierra la puerta y de pronto la garita está arriba de la calzada. Usted ha creído que sentiría vaya a saber qué emociones, y no siente nada.

Más emocionante es un viaje en colectivo. Sobre todo cuando el volante o las ruedas están descentradas. Se encuentra ahora a ciento ochenta metros de altura y el Pan de Azúcar le tapa los ojos; está frente a usted. Tiene la sensación de que si estira el brazo lo toca; y entre Playa Vermella y el Pan de Azúcar hay como doscientos metros. De allí, y con una rampa mucho más pronunciadísima, parten otros dos cables de acero, que por su propio peso trazan una curva sobre el abismo, mientras que al llegar a la cresta del monte ascienden perpendiculares a él. Y la emoción de cruzar suspendido sobre el bosque que está allá en el fondo, se repite en usted. Ahora sí que viene lo bravo. Pero sube al funicular: el guarda cierra la puerta y el funicular comienza a ascender los doscientos metros de altura que faltan para llegar al Pan de Azúcar. Un viento tremendo cruza las ventanillas de la garita. Esta conserva siempre su posición horizontal. Usted asoma la cabeza al abismo. Abajo, cascadas de árboles, cúpulas verdes y la arenosa curva de la playa. Ahora parece que el Pan de Azúcar viene velozmente a nuestro encuentro. La piedra se agiganta, la garita sube como ascensor; oscila en el interior de un nicho de piedra y ya está arriba. Abajo, los trece montes en cuyos valles se aloja Río de Janeiro muestran sus lomos cubiertos de casas, o sus frentes azulencos. Los diques fracturados, un puente, el agua verdosa, y ahora comprendo lo que es Río de Janeiro. Una ciudad fabricada en los valles que dejan los montes entre sí. Las casas trepan por las faldas, se interrumpen; el bosque avanza, luego desciende. Rayas asfaltadas avanzan hacia la distancia, luego una sierra, peñascos y en el valle subsiguiente, otra lonja de población, techos rojos, azules, blancos, cubos que, como una vegetación de líquenes, asciende y se interrumpe, manchando de color tinta, de color engrudo, de morados y de óxidos de hierro y de verde de sulfato, las pendientes de piedra. Son las casas de dos millones de habitantes. Ahora se explica usted las vueltas de los tranvías. Para entrar a las calles de un valle, el tranvía tiene que pasar por las espaldas de este, un zig zag prolongado. La bahía, con una tersura de espejo de acero, se bisela un verde sauce junto a la costa. Pasa un transatlántico y tras él queda el agua en una estela, revuelta en suciedades de marisco. Distribuidas irregularmente, hay naves ancladas.

Cúpulas de cobre, de porcelana, de mosaicos y de azulejos; techos que parecen rectángulos de hierro colado; rascacielos cúbicos, honduras arboladas; un espectáculo feérico es el que ofrece esta ciudad de edificios escalonados en la pendiente de la sierra, que de pronto se anula misteriosamente o confunde su bisectriz con el ángulo de otro monte, cubierto de techos rojos a dos aguas y de avenidas asfaltadas. Usted mira y cierra los ojos. Quiere conservar un recuerdo de lo que ve. Es imposible. Los cuadros vistos se superponen, uno desvanece al otro, y así sucesivamente. Usted lucha con esa confusión, quiere definir geométricamente la ciudad, decir: «Es un polígono, un triángulo». Es inútil… Lo más que podría decir es que Río de Janeiro es una ciudad construida en el interior de varios triángulos, cuyos vértices de unión constituyen el lomo de los cerros, de los morros, de los montes…

De pronto la ciudad ha desaparecido de sus ojos. Tiembla de frío. Mira en rededor. Todo es absolutamente gris. El Pan de Azúcar ha sido envuelto en una nube que pasa. Más allá hay sol.

¡Pobre brasilerita!

(Domingo 4 de mayo de 1930)

He recibido una impresión dolorosa.

Cada vez que subía la escalera de la pensión donde vivo, venía a mi encuentro una india color café, que con las manos me hacía señas para que subiera despacio. Hoy, intrigado, le he dicho:

—Pero ¿qué diablos pasa, que no se puede caminar? Y la sirvienta me ha contestado:

—La mociña está muito enferma.

—¿Quién es la mociña?

—A filha da patrona.

—¿No se la puede ver? Me hicieron pasar.

La enfermita

En una cama ancha, sobre una amplia almohada, reposaba la cabeza de una muchacha de diez y nueve años. Grandes ojos negros, cabello enrulado enmarcando las mejillas. La saludé y ella movió ligeramente los labios. De una ojeada la observé. Tenía la garganta envuelta en un pañuelo; bajo las sábanas blancas, se adivinaba un pobre cuerpo enflaquecido.

Amigas, maduras como grandes frutas, la rodeaban. Me presentaron:

—El señor es el periodista argentino, el nuevo pensionista.

—¿Qué tiene? —pregunté.

Me explicaron. Pleuresía, la garganta, en fin, esas medias palabras que disfrazan la terrible enfermedad. Tuberculosis pulmonar y laringitis. Con razón no hablaba. Le sonreí y le dije esas palabras tristemente dulces que uno se considera obligado a dar a una pobre criatura a la que ninguna fuerza humana puede salvar.

Ella me miraba y sonreía. Le daba risa el idioma, como a nosotros nos hace reír el portugués. Por momentos, un golpe de tos la crispaba bajo las sábanas y las amigas solícitas la rodeaban.

Cuando salí me dedicó una sonrisa que sólo tienen los labios de las enfermas incurables.

Entré a una florería e hice que preparasen un ramo de rosas blancas, y a la tarde se lo di a la india sirvienta para que se lo llevara. Que al menos tuviera en el cuarto un pedazo de primavera. Y que fuera un argentino el que se lo había llevado...

Esta noche

Esta noche ha tosido mucho. Pero tanto que cuando bajé y entré al dormitorio, las amigas la sostenían, desvanecida, entre los brazos. Tenía la cabeza caída sobre el hombro de la india, de cuyos ojos caían lágrimas.

Se va a morir la muchachita del Brasil. ¡Diez y nueve años! Y he salido a la calle entristecido, pensando: «Es una iniquidad. Dios no existe. Esas cosas no deberían ocurrir».

He repetido exactamente todo lo que dice un hombre cuando cae sobre su cabeza una gran desgracia. Y sin embargo no conozco casi a esta criatura. La vi por primera vez ayer a la mañana; pero había tanta dulzura en sus ojos renegridos, que he sentido pena por esa vida que se le escapaba del pecho, minuto a minuto.

Con razón me decían que caminara despacio. No puede dormir. A cada momento la despiertan los tranvías que pasan haciendo ruido. Si no son los tranvías, es la tos.

¡Y con este calor, todo el día en la cama! Está tan débil que ya no puede caminar. Sólo conserva la carita con el óvalo perfecto y los grandes ojos que hablan, porque la garganta ya no tiene casi cuerdas vocales.

Ahora voy a visitarla todos los días. Le digo al entrar: «¿Cómo le va a la menina?». Y ella se ríe; porque ella hace un buen rato que ha dejado de ser menina y es señorita ya.

Yo sé que le causa gracia el idioma «aryentino». Se queda ratos mirándome.

Entonces le digo que el Brasil es muito bonito, que ella tiene que tener esperanzas en la Virgen que tiene a la cabecera (¡yo, hablando de la Virgen!); que no tiene que afligirse, que pronto se curará, que esas enfermedades así son muy fantásticas, y que «ya va a ver, pronto se podrá levantar y salir a caminar».

Ella me mira en silencio. Comprende que estoy mintiendo. Mira a la Virgen, a las amigas y sonríe. No es posible engañarla. Ella sabe cuál será el paseo que la espera. El último...

Y yo me acuerdo del Sanatorio Santa María en las sierras de Córdoba. Me acuerdo de las quinientas muchachitas que en el Pabellón Penna están postradas como esta muchachita de diez y nueve años para quien la vida sólo debía ser felicidad. Y de pronto una pena enorme me sube del corazón hasta la garganta. La sonrisa y los chistes se me terminan, y salgo a la calle diciendo, como diría un pobre negro o un pobre blanco, que no entiende de libros ni filosofías: «Y después dicen que Dios existe. Cosas así no deberían suceder».

Elogio de una moneda de cinco centavos

(Lunes 5 de mayo de 1930)

Una señora argentina residente aquí me ha regalado una moneda de cinco centavos argentinos. Y yo he mirado la moneda matrera, perdida en este país de chirolas grandotas, y le he dicho:

¿Cómo te va, queridita? Aquí vas bien muerta entre estos tostones (moneda de tres centavos brasileros) y estos platos (porque no son otra cosa que platos) de cuatrocientos reis, que le agujerean a uno los bolsillos. Pero yo te saludo respetuosamente, querida chirolita. Te saludo con la emoción del porteño que ha perdido hace rato de vista su hermosa calle Corrientes y su magnífica Avenida de Mayo, su Florida cursilera y su majestuosa Callao. Cierto es que te baten prepotencia las monedas de esta patria brasileña; cierto que el vulgar tostón, grandote y retobado, te intimida; pero no le llevés el apunte; son tres centavos argentinos... y vos ¡sos cinco! Los cinco guitas atorrantes con los que arreglamos al mozo de feca en tiempo de crisis.

¡Cómo cambian los tiempos, querida chirolita! ¿Eh? Allí no te llevamos el apunte.

Le damos al primer turro limosnero que se nos cruza al paso, te dejamos abandonada en la mesa de cualquier lechería mugrienta y facinerosa. Sos el cambio indispensable para el subte y en concepto de tal, se te da categoría; pero aquí en Río, querida, no vas a correr aventuras. Estarás en mi bolsillo como un talismán que me dé suerte; y para hacerlos broncar de paso a todos estos reis, que de tantos miles que son no me duran nada.

Te trajo una señora argentina que quería llevarse un recuerdo de su linda tierra; te trajo para mirarte en los días que sintiera nostalgia de su ciudad, la más linda de SudAmérica; te trajo para que respiradas aires nuevos, adquirieras experiencias y aprendieras a falar portugués y conocieras, de paso, a los chirolones tábanos, los monedazos de doscientos reis, los de cuatrocientos, los de mil y los de dos mil, que son pura moneda de bronce y aluminio; minga de níquel, como te han fundido a vos.

Yo te miro con cariño, querida monedita. Te miro con esa dulce pavura que se nos entra en el alma cuando nos acordamos de los tiempos mishos; de las épocas en que teníamos los tarros rotos, las medias a medias, la corbata como una lonja, el jetra averiado por cuanto ángulo tiene. Te miro y me recordás las magníficas tenidas de lechería, las discusiones filosóficas de los vagos del barrio, la hora postrera en la que el más reo dice: «Me tiro a muerto»; la hora del juicio final, cuando el menos pato exclama:

—¡No se aflijan, yo tengo cinco guitas para dejarle de propina al mozo!

Te miro y pienso: cinco guitas. Pienso que Buenos Aires está a cerca de tres mil kilómetros de aquí; pienso que esto puede ser SudAmérica como la costa de África; y al verte tan chiquita, tan menudita, tan flaca entre estas monedas que pesan kilos, me da miedo. No te morirás de tristeza perdida entre los reis, apelmada entre los tostones. Pero no tengas cuidado. Te voy a colocar en un marquito en mi pieza. Cuando entre y salga, cuando esté solo, meditando macanas y pensando pavadas, levantaré los ojos, te junaré de rabillo y diré: «Bueno; no estoy tan solo, tengo una compañera». Charlaremos. Nos batiremos nuestros mutuos infortunios. Vos me contarás la angustia de los crostas por cuyos bolsillos pasaste peregrina, sin poder durar en ninguno; me narrarás la odisea de innumerables vagos acosados de mil necesidades y yo te contaré, a mi vez, las broncas que no puedo escribir; alacranearé a esta gente y ¡pobre los dos!, nos consolaremos como hacen los patos de verdad, pero que hablan el mismo idioma.

Esto es lo que le he dicho a la chirolita de cinco guitas, que me ha regalado una señora argentina. La tengo encima de mi mesita de noche. Cuando llego de atorrantear por esas ruas negras, sucias y estrechas; cuando salgo echando pestes de los cafés, protestando de la cocina del restaurante del maldito Pierre Labarhte, inventor del tóxico «o soberanno dos vinos brasileiros»; cuando llego desesperado y sudando de las caminatas interminables que me hago en busca de motivos que no existen, la monedita fiel, lustrosa, fina, menuda, bonita, me recibe como un consuelo; los ojos de la cabeza de la República parece que me dicen al mirarme: «No me vas a abandonar» y yo le contesto: «Te soy fiel. Te soy fiel, porque a pesar que aquí no servís para nada, me ligas a un pasado misho; te soy fiel porque me recordás mi ciudad, más querida ahora que nunca, porque está lejos; te soy fiel a pesar de que llevo los bolsillos reventados de tostones, porque hablás el idioma nuestro, resonante, machoso, bravo, retobado, compadre; te soy fiel porque en tu compañía el corazón me dice que llegarán buenos días en que tendré compañeras tuyas en el bolsillo y seré personaje importante diciendo, en una mesa de café: "Cuando anduve esgunfiado por el Brasil…"».

Y la monedita me relojea. Parece que sonríe y me responde:

—Es inútil… Tenés el alma de un vago.

Y a ustedes les parecerá mentira, pero yo tengo la impresión de que el alma de la chirola se desprende de su disco de níquel y me da un abrazo grandote y consolador. Y entonces me duermo tranquilo.

No me hablen de antigüedades

(Martes 6 de mayo de 1930)

Alguien me dice:

—A usted parece que no le entusiasman las cosas antiguas: estas iglesias centenarias, estas estatuas del tiempo de la Colonia y el Emperador…

—Efectivamente —contesto—. Estatuas, iglesias antiguas y todos los cachivaches del otro siglo, me dejan perfectamente indiferente. No me interesan. Creo que no le interesan a ningún argentino. Aburren, seamos sinceros. Para nosotros, que tenemos los ojos acostumbrados a la línea de los automóviles, ¡qué diablos nos puede decir un arco o un ábside! Seamos sinceros. Yo admiro el arte de esos charlatanes que miran una piedra que fue de otro siglo y encuentran motivo para lloriquear una prosa jerigonza durante tres horas. Los admiro, pero no puedo imitarlos. Las iglesias antiguas no me llaman la atención. Las casas roñosas del siglo pasado, tampoco. Hemos protestado de la estúpida arquitectura colonial, que en nuestro país se ha difundido entre los nuevos ricos, ¿y vamos a empezar a abrir la boca frente a estas casonas oscuras porque están hechas de piedra? Haga el favor. Todas estas casas me parecen muy lindas… para convertirlas en pedregullo.

—¿Sabe que usted es un tipo agresivo?

—Soy sincero. No he ido al Museo Histórico ni pienso ir. No me interesa. No interesa a nadie saber de qué color eran las polleras de las señoras del año cuatrocientos, o si los soldados andaban en patas o con abarcas. Esto es lo que me ha desilusionado de viajar. No daría un cobre por todos los paisajes de la India. Prefiero ver una buena fotografía que ver el natural. El natural, a veces, está en un mal momento y la fotografía se saca cuando el natural está en su mejor momento.

Mi interlocutor tiene ganas de indignarse, pero yo insisto:

—Una de dos; o nos engañamos a nosotros mismos y engañamos a los demás, o confesamos que el pasado no nos interesa. Y eso es lo que me ocurre a mí. Otro señor podrá hacer de las iglesias de Río un capítulo de novela interesante. A mí no me parece tema ni para una mala nota. ¿Estamos? Otro señor podría hacer de las callejuelas torcidas de Río un poema maravilloso. A mí, el poema y la callejuela me fastidian. Y me fastidian porque falta el elemento humano en su estado de evolución. El paisajes sin hombres me revienta. Las ciudades sin problemas, sin afanes y los hombres sin un asunto psicológico, sin preocupaciones, me achatan.

Cuando yo miro la cara de un operario porteño sé lo que piensa. Sé qué afanes lleva en su interior. Sé que estoy en presencia de un elemento inquietamente social. Aquí, encuentro gentes que, con tal de ganar para el feyon, viven felices. Esto me indigna. En la pensión más equívoca se encuentra, entre carcajadas irrisorias, un altarcito encendido a la Virgen y sus santos. Se vive religiosamente, o no se vive.

Esta mezcla de superstición, de mugre, de ignorancia y de inconsecuencia me crispa. La empleada argentina es una muchacha trabajada de pensamiento en lo relativo; la empleada, aquí, es un artículo de lujo.

Los que viven mal no se dan cuenta de ello, aceptan su situación con la misma resignación que un mahometano; y yo no soy mahometano. Algunos me dicen que la culpa es de los negros; otros, de los portugueses, y yo creo que la culpa es de todos. En nuestro país había negros y había de todo, y la civilización sigue su marcha. No entiendo por «civilización» superabundancia de fábricas. Por «civilización» entiendo una preocupación cultural colectiva. Y en nuestro país existe, aunque sea en forma rudimentaria.

Aquí, la cultura de clase media es de un afrancesamiento ridículo. Se imita a las artistas de cine de tal forma que se ven mujeres por las calles vestidas de manera tan extravagante, que uno no sabe por qué extremo empezar a describirlas.

Yo no puedo escribir sobre todo esto. Dirán que soy un tipo agresivo, venenoso, malhumorado, hipocondríaco. Y, sin embargo, elimino todos los días toxinas con una buena clase de gimnasia. Por eso es que no me interesa lo antiguo. Lo antiguo, entre gente antigua, está en su lugar; entre gente moderna, es una ridiculez. El paisaje me revienta. No miro las montañas ni por broma. ¿Qué hacemos con la montaña? ¿Describirla? Montañas hay en todas partes. Los países no valen por sus montañas. En Montevideo, que es un país chiquito, he encontrado preocupaciones sociales a granel. Esos uruguayos piensan en el futuro, piensan en una mejor condición social, en qué remedios pueden aplicarse a los defectos sociales y discuten como energúmenos. Aquí no discute nadie. No se enoja nadie. Se vive como en salón. Eso está muy bien cuando el salón va acompañado de la cocina; pero aquí la cocina la hacen las negras…

—Usted es un tipo insociable —me dice mi interlocutor—. Lo mejor que podía haber hecho era quedarse en su arrabal…

—Yo también lo creo. Y no penaría tanto para encontrar temas de nota como estoy penando aquí.

Amabilidad y realidad

(Miércoles 7 de mayo de 1930)

Cuando quiera investigar algo seriamente respecto a la vida del pueblo, usted se estrella, aquí en Río de Janeiro, en esa amabilidad brasileña, que celosamente oculta las grietas de su civilización popular.

Me contaron una anécdota formidable. La doy tal como la he recibido. Cuando llegó a Río de Janeiro el leader socialista Albert Thomas, como todos los sindicatos obreros habían sido disueltos por la policía, se le pasó la mula a Mr. Thomas, presentándole unos empleados del Gobierno como delegados de centros obreros. Hasta reglamentos perfectamente confeccionados llevaban.

Tuve oportunidad, hace unos días, cuando se inauguró la nueva línea aérea, de conversar con unos muchachos periodistas, argentinos y amigos.

—¿Qué tal? ¿Cómo les va?

—Encantados. Nos llevaron a visitar el Pan de Azúcar, Copacabana, Jockey Club, el hipódromo…

Nos sentamos en un café a conversar. A la media hora los muchachos periodistas me decían:

—Claro. Vos estás aquí y no te dejás encandilar por las bellezas naturales…

Y otro periodista (es de un diario de la tarde y no lo nombro para no crearle ningún conflicto) me dice:

—Fijate: entro al correo, veo una alcancía para poner un óbolo para los tuberculosos, le pregunto al empleado si ellos tenían una mutualidad con sanatorio como nosotros y me comentó que no. Claro… Lo engrupen a uno con el Pan de Azúcar.

Yo le digo:

—¿Vos sabés qué fuertes son en Buenos Aires los Gráficos? Bueno. Aquí había una Asociación Gráfica y la policía la disolvió tres veces. En la Asociación, un estudiante brasileño me decía: «No se abren escuelas porque los políticos no quieren en modo alguno que el proletario se instruya. Saben que el día que el proletariado esté instruido, no votará por ellos».

Y no hay problemas sociales

Con toda gravedad, me decía un amigo:

—Aquí no hay problemas sociales.

Este amigo no había salido de la rua de Rio Branco ni del perímetro de Copacabana.

Seamos sinceros. En nuestro país, como aquí, está permitido hablar mal de Presidente para abajo; y en nuestra Cámara hay socialistas de todos los matices. Aquí el socialismo produce escalofríos. Hay una comisión de cine, que no se asusta de ninguna cinta por escabrosa que sea, mientras no trate de asuntos sociales. La más inocente asociación gremial alarma a la policía.

Hay que ver la estupefacción que produjo a unos muchachos de la Asociación ver en el número de El Mundo, donde se publicaba la fotografía de un diputado radical que había sido canillita y la de otro socialista que fue mensajero, me refiero a Portas y Broncini. Se miraron entre ellos como diciéndose: «¡Qué país será aquél!».

Yo, que me estoy volviendo argentinófilo, les explico a estos muchachos, compañeros de la Asociación Cristiana, cuáles son los movimientos sociales en nuestro país; les describo las bibliotecas obreras, los centros de los barrios, la calidad de nuestros autores de parroquia que estrenan macanas en teatros de parroquia, con compañías pésimas y me observan, como diciéndose:

—Nada de esto hay aquí.

Y es cierto. Involuntariamente me pregunto: «¿Qué fenómeno es el que ha presionado sobre nosotros los argentinos, para hacernos indiscutiblemente el país más interesante, psicológica y culturalmente, de SudAmérica?». Somos los mejores sin vuelta: los mejores. Un obrero como el nuestro no se encuentra sino en Buenos Aires. En Europa, en Uruguay los habrá, pero fuera de allí no.

Somos los mejores porque tenemos una curiosidad enorme y una cultura colectiva magnífica. Comparada con la que hay aquí, ¿cuántos teatros hay en Buenos Aires? No sé. En Flores hay dos. En Almagro… en… ¡qué sé yo cuántos teatros hay en Buenos Aires! Sé que aquí, con dos millones de habitantes, hay tres o cuatro teatros que no funcionan. ¿Y librerías? ¿Y editoriales? Nada de eso se encuentra aquí. Después mi amigo argentino dice que no hay problemas sociales. No hay pocos problemas sociales. Y nuestro país es desconocido en el Brasil. La prueba: he conversado con montones de personas. Cultas e incultas. Todas me han preguntado lo mismo:

—¿O senhor é espagnol?

A nadie se le ocurre preguntarme: «¿Usted es argentino?».

Hablar de la Argentina aquí es como en Buenos Aires hablar del Tíbet.

Naturalmente, en las conversaciones y reportajes oficiales que se publican en los diarios, argentinos y brasileños, nos conocemos como si hubiéramos comido en el mismo plato o dormido en el mismo cuarto; pero en la realidad práctica no ocurre eso. Somos dos pueblos distintos. Con ideales colectivos distintos. Nosotros somos ambiciosos, entusiastas y deseamos alcanzar algo que no sabemos lo que es y leemos diarios, revistas, novelas, teatro; conocemos España como si fuera la Argentina...

¿Aquí? En uno de los mejores diarios, el encargado del archivo me ha dicho:

—Vea... no tenemos ninguna información de Portugal, la madre patria. Ninguna fotografía. Estamos tan distantes...

¿Se da cuenta?

¡Treinta y seis millones!

(Jueves 8 de mayo de 1930)

Voy por el desierto del Sahara. Quiero decir, por la Avenida Rio Branco a las nueve y cuarenta de la noche. Si la hubieran barrido con una ametralladora, no estaría más limpia de gente. En un bar llamado Casa Simphatia (con h y todo) se esgunfian mirando el asfaltado. Sólo una pareja, en dos sillones cestas, se da ósculos inflamatorios. El encargado del bodegón mira alarmado y ha tomado el apaga incendios automático. Se ve que está dispuesto a proceder.

Yo pienso. Pienso lo siguiente, en un soliloquio que me creo con derecho a transmitirles:

¡Cha digo! Desde que he llegado a este país no he visto un sólo entierro. ¿Aquí no se muere nadie? Por el contrario, esta pareja que se está arrullando tiene aspecto a todas luces de regalarle al Estado dos mellizos dentro de poco tiempo. No se muere nadie y yo no sé, todavía, cómo son los carros fúnebres.

¿Pero hay funerarias en el Brasil? Aún no he visto una, y eso que he ido a todas las islas, al Pan de Azúcar y la Praia Vermeia y al diablo. No hay enterradores, ni corredores de muertos, ni cajones, ni nada. Creo que ni cementerios. Mirando a la rua de Buenos Aires hay un mercado de flores, flores con olor a cadaverina y unos truculentos bagayos de coronas. A menos que la Municipalidad espere una peste fulminante, este mercado de coronas no se justifica. Un crosta, con barba portuguesa, hace la guardia rechupando aburrido un mal cigarro. Y el mundo emperrado en vivir. No se muere nadie, está visto; y el Brasil tiene treinta y seis millones de habitantes. Y como siga así, en breve tiempo tendrá setenta y dos millones.

También

También. ¡Cómo para no tener treinta y seis millones! Fíjense. No se escolaza, no se bebe, no se va al teatro porque de los tres teatros, uno está cerrado, el otro sin compañía y el tercero en refacción. No se pierde el tiempo en el café porque en los cafés no hay tolerancia para los vagos. No se juega porque todos los cabarets donde había timba fueron clausurados. No se pierde el tiempo con malas mujeres porque las malas mujeres dispararon aburridas de tanta moralidad. No se lee porque los libros cuestan caro y con darles una ojeada a los periódicos el asunto está liquidado. No se va a los comités porque aquí no hay comités. No se va a las bibliotecas obreras porque los obreros no tienen bibliotecas. Alguna que otra sección de biógrafo y dese usted por servido. Y las cintas de cinematógrafo pasan previamente por una comisión de censura que las expurga de cuanto elemento revolucionario pudieran encerrar.

¿Qué hace la gente?, me dirá usted.

Trabajar. Aquí trabaja todo el mundo. Ya lo dije en otra nota y lo repito en esta, para que no se olvide. Trabajan blancos y negros, mujeres y hombres. En las boleterías de las compañías de navegación encuentra mujeres. Casi todas las cigarrerías están atendidas por mujeres. La mujer trabaja a la par que el varón; se gana el feyon, es decir, los porotos.

«Aquí toda a gente a grama» (Aquí toda la gente trabaja). Y luego a casita.

En algo hay que entretenerse

Ustedes comprenderán que en algo un cristiano tiene que entretenerse y estos cristianos que falan portugués se divierten todos los años encargando un nene a París. Cuanto más crosta es un desdichado, más purretes tiene su facenda. Un grone de paseo es un espectáculo; dos negras con los chicos a cuestas constituyen una brigada que ocupa íntegramente un bondi.

Trabajan y tienen hijos. Siguen en el más amplio sentido de la palabra el bíblico precepto.

Treinta y seis millones. Es brutal la suma. Si vivieran de otro modo, pero al paso que van, algún día constituirán el estado más importante de la América del Sud.

¿Ciudades? En todo el interior del Brasil se improvisan, al margen de pésimos ramales de ferrocarril, ciudades que algún día serán centros de población importantes.

Los negros desaparecen, me dicen, y yo los encuentro hasta en la sopa. Desaparecen porque se fusionan con la clase blanca, de manera que cuando nos acordemos, Brasil tendrá cien millones de habitantes. Y no pasarán muchos años. Cuando la gente labura y no bebe y no juega y se queda en su casa...

Elogio de la triple amistad

(Domingo 11 de mayo de 1930)

El domingo a las siete y treinta de la tarde, este servidor de ustedes, mal comido y bien aburrido, merodeaba desde hacía una hora por la Avenida Rio Branco, masticando su pésimo mal humor. Y de pronto todo su fastidio se derritió como la nieve al sol, y aunque andaba solo, comenzó a sonreír graciosamente.

Yo sé que ustedes supondrán: «¿Habrá visto pasar un señor en salida de baño por la rua?». No. Los que tienen inverosímiles salidas de baño, deshilachadas y mugrientas, las lucen por la calle y se pavonean con ellas a las once de la mañana y a las cinco de la tarde.

«¿Habrá visto algún negro de frac, algún mulato de alpargatas y monóculo, algún dependiente de panadería con cuello palomita y bastón forrado de piel de víbora?». ¡No!

«¿Habrá observado algún matrimonio bien vestido meditar media hora frente a un café, si entrarían o no a tomar algo... e irse luego sin resolverse a entrar?». ¡No! «¿Detendría sus ojos en laguna dama de cincuenta años con el vestido hasta las rodillas y bucles sueltos por las espaldas?». ¡No!

«¿Se habrá fijado en la inquilina de algún inquilinato, fajada en seda y que, para mirar a sus prójimos ha adquirido un "impertinente"?». ¡No!

«Entonces, ¿qué diablos es lo que ha visto?».

Lo único que sé es que este servidor sonrió graciosamente, dulcemente, melíficamente...

¡Explíquese hombre!

—Caminando en dirección contraria a la mía venía un matrimonio en compañía de su fiel e inseparable amigo, no aquel matrimonio que va al restaurante Labarthe, sino otro matrimonio.

Descripción

Él, cien años. Si no los representa, merece tenerlos. Alto, flaco, cascado: la dentadura, pura encía, la piel con más arrugas que un acordeón.

Ella, cuarenta y cinco a cincuenta otoños: un crepúsculo magnífico; ojos pirotécnicos, curvas como para dedicarse a estudiar de inmediato la trigonometría e investigar de qué modo matemático es posible tirar una cotangente a un seno sin tocar el coseno, en fin, ríanse ustedes de la Pompadour, de Recamier y de todas las grandes madamas de que habla la historia.

Mujer para ser vista a la luz artificial, como diría un cronista social.

Él (el otro él) treinta y cinco abriles, barbilindo, al decir de los clásicos españoles; pura línea de caballero galgo, bien fajado de gomina, empolvado, ceñido, uñas a la manicura y pies a lo bailarina, y aquí tienen ustedes al terceto que derritió mi mal humor.

Y es que donde va el anciano, allí encuentra usted a su amigo, y ella ¿cómo lo va a dejar sólo al esposo? ¿No sería una crueldad, una acción incalificable? Y he aquí entonces que momia, barbilindo y dona, hacen un conjunto delicioso.

Pero no vayamos por mal camino. No. Lo que ocurre es que ese joven está ansioso de ilustrar su espíritu con las verdades y conocimientos que atesora el anciano. Y no puede resistir a su desmedido afán de acumular experiencia. Ella, a su vez, amorosa y diligente, tampoco puede resignarse a perder la compañía del hombre que tanto adora. ¿Y si lo pisa un carro? (A los ómnibus los llaman «carros» en este país. A los carros, no sé cómo los llaman).

¿Cuál es la consecuencia de dichas dos solicitudes que llevan una dirección contraria, es decir, la del joven que quiere enriquecer su intelecto con la experiencia del carcamal y la de la esposa en cuidar a su museo andante? Que siempre donde está uno puede usted encontrar a los tres. Y luego San Agustín se rompía la cabeza para comprender el misterio de la Santa Trinidad.

Mal haría en suponer alguien que los tres se aburren. Por el contrario; se llevan que da gusto verlos. El joven no hace nada más que abrir la boca de admiración y respeto, escuchando todo lo que dice el anciano. Y a ella el ver este tipo de armonía la pone tan contenta que va bailando casi de feliz. Y es lógico: ama tanto a su esposo, que ¿cómo no le van a agradar esas muestras de admiración que el joven barbilindo produce con su boca, nariz, orejas y oídos? Y tanto la alegran que a veces, dejándose llevar de su entusiasmo, le da unas palmaditas en las espaldas al joven, y el joven comprende que son como las palmadas de una hermana. El anciano se da cuenta de que son puras caricias fraternales… y aquí no pasó nada.

¿Qué corazón, por duro que sea, no se enternecería frente a dicho espectáculo? ¿Qué alma, por insensible y malvada, no se emocionaría de dulzura al contemplar al anciano que desparrama su sabiduría caudalosa como un río de leche y de miel, en los oídos de un joven ansioso de conocimiento y de una mujer que rabia por enterrarlo... quiero decir, por cuidarlo? (Freud tiene razón cuando estudia las palabras equivocadas).

¿Se dan cuenta, ahora, por qué mi mal humor perrero se derritió, como la nieve al sol, o como la melancolía de un L. C. al que le notifican que la portación de armas quedó sin efecto y puede salir del cuadro 5.º para ir a robar otra vez?

Vento fresco

(Lunes 12 de mayo de 1930)

Nada hay más emocionante para un viajero en tierra extraña que la llegada de fin de mes y la entrada del primero, si el treinta y el quince hay un alma perfecta que se acuerda que debe girarle vento fresco.

¡Con qué solicitud amorosa y conmovedora hace, entonces, acto de presencia en la casilla de Poste restante para indagar si ha llegado o no el aviso del banco, la notificación de que hay un buen paco de reis esperando su respetable visita, la chimentería reveladora de que no lo han olvidado, por más que a veces la gente no tenga motivo para recordarlo bien a un emigrado!

Tierra extraña

Estar en tierra extraña es estar completamente solo. La amabilidad de la gente es de dientes para afuera. Rápidamente lo comprende el viajero, que no es un otario ni un caído del catre.

Cuando se hace esta composición de lugar, así como el marino en tiempos de tempestad pone su alma y pellejo en su brújula, y el aviador en el sextante, usted pone sus sentidos, sus pies y su cuerpo, en el banco con el cual opera. Y el banco, que en otros tiempos era para usted una institución vaga e irreal, con la cual no había tenido, ni aún queriéndolo ardientemente, nada que ver; el banco, que en su imaginación de pato crónico se representaba como una casa donde los que amarrocan llevan su vento para que no se lo volatilicen los ladros; el banco, del día a la noche, en el extranjero, se convierte en su «amigo» y usted en su «cliente y amigo». ¿No ha leído, acaso, los avisos en que hacen sus propagandas las instituciones bancarias: «Nuestros clientes son nuestros amigos»?

En consecuencia, yo soy amigo del Banco Portugués do Brasil, situado en la Rua de Candelaria 24. Este banco, quiero decir «mi amigo», todos los primeros y los quince de cada mes, me dirige la carta, cuyo texto reproduzco:«Ilustríssimo senhor... (¿se dan cuenta?, ¡me tratan de ilustrísimo!) Temos a vosa disposicao o equivalente de pesos argentinos, por orden do Banco de la Provincia de Buenos Aires. Va. Mt. Ats e Vrs».

Las dichas iniciales corresponden a una multitud de saludos que me hacen los que incluyen el tratamiento de «vueselencia», etc. ¿Se dan cuenta? ¡Ilustrísimo y vueselencia!

Así se trata a la gente en este país. Vean si no da gusto vivir y tener que codearse con semejantes «amigos».

Bueno; hay que ver la emoción con que cualquier fulano ausente de su bendita tierra acoge la susodicha chimentería.

Porque...

Porque el veintinueve o catorce de cada mes, el ciudadano emigrado o expulsado de su país empieza a hacerse la pasada al Poste restante, saluda con amabilidad a los carteros que son dueños de su destino; aunque le duelan las muelas le sonríe al funcionario grone que barre los escupitajos en torno de la casilla; se informa con tono melifluo de las horas de distribución de la correspondencia y una dulce pavura penetra en su alma.

¿Y si el aviso no ha llegado? ¿Y si el barco que lo traía equivocó la ruta y en vez de embicar para el Brasil, agarró para el lado de África? ¿Y si se fue a pique? ¿O si se robaron la correspondencia? Eso sin contar que el encargado de girarle puede haberse muerto de un síncope cardíaco, de una angina pectoral, de cualquier cosa...

El asunto es grave y bravo porque aunque el banco lo llame «ilustrísimo señor» y se titule, amplia y pomposamente, amigo suyo, mientras que no haya aviso de que puede y debe palmar, lo dejará en el estuario sin consideración alguna. Además que usted no descuenta la posibilidad de que los encargados de girarle, si no se les ha ocurrido morirse, pueden, en cambio, haberse olvidado de hacerlo por exceso de fiaca.

Y su espíritu se estremece cuando medita la infinidad de causas, motivos, accidentes imprevistos e inesperados que pueden hacer que la plata no llegue a sus ansiosas manos. Y el día veintinueve usted se acerca a la Poste restante, diciéndose:

—Es una fija que no llegó el aviso.

Y no se equivoca. Le queda la inmensa satisfacción de no haberse equivocado y de salir a la calle, diciéndose:

—El corazón me lo decía.

Al día siguiente vuelve. ¡Allí está el aviso! Una mano misteriosa lo ha echado al buzón, otra lo ha recogido y… Usted tiene el infinito placer de enterarse que el Banco X, «su amigo», por intermedio del Banco XX, su «otro amigo», le ruega (aunque no le rogaran usted iría lo mismo) pasar por las oficinas de la institución a retirar el vento.

También es otra fija que el día treinta usted tiene por todo capital algunas chirolas, reis, pfennigs o liras. No importa: ha llegado el aviso. Y entonces, magnánimo, opulento, se sienta en cualquier café y pide. El mal momento ha pasado. El Banco, al fin y al cabo «su amigo», tiene en sus monumentales cajas de acero escrupulosamente guardados, los billetes indispensables para que la gente no tenga inconveniente en continuar siendo amable con usted.

Redacción de O Jornal

(Martes 13 de mayo de 1930)

Todas las noches vengo a escribir mi nota a la Redacción del diario O Jornal, uno de los principales rotativos de Río de Janeiro, que ocupa actualmente una antigua casona.

Cuando las rotativas funcionan, el piso trepida y la Redacción se llena de un infernal ruido que todos los periodistas hechos al oficio no oímos sino de tarde en tarde, como los marineros que acostumbrados al balanceo del barco no lo perciben sino cuando este se zarandea demasiado.

La Redacción

En un rincón está el escritorio del secretario de Redacción, Figueiredo de Piementel, que es un muy buen muchacho. Luego, las mesas de los otros redactores. En el centro, un mesón como para preparar tallarines para un regimiento, sirve al personal para esos trabajos que nosotros los periodistas denominamos «recocido y recorte»; la cocina, en síntesis, donde se recortan telegramas, se engrudan y se hace todo el trabajo cuyo único fin es evitar escribir.

En una mesa frente a la del secretario está la del encargado del concurso de bellezas femeninas para elegir a Miss Brasil, el caballero Nobrega de Acuña, un infatigable laburador, encargado de recibir a las meninas que los departamentos del interior delegan para el concurso. Está siempre terriblemente atareado; yo le digo si no quiere que lo acompañen en ese trabajo de seleccionar meninas y me contesta que no, que es un asunto muy delicado y así lo creo yo también. Lo único que no me explico es cómo hace para dar abasto a tanta pebeta aspiranta a Miss Brasil. Tiene pasta para nuncio apostólico, es sutil y diplomático, yo creo que las larga contenta a todas con sólo conversación.

Tiene además cuatro cargos distintos. Esto hace que una hilera de personas desfile de continuo frente a su escritorio; insisto, tienen para nuncio apostólico o delegado de Su Santidad, y gana doscientos pesos por tanta actividad.

Los otros

Luego hay una misteriosa cantidad de redactores que deben tener sus secciones fijas; gente que trabaja en sus escritorios sin decir oste ni moste. A veces llega un mozo apurado, se saca el saco, se sienta al mesón y apresuradamente escribe sin levantar la cabeza. Trae noticias, informes, la sección, la eterna sección que en todos los diarios se escribe rabiando de apuro porque las linotipos no esperan y la rotativa tiene que andar.

A veces se forma un grupo, los cigarros humean, el que escribe apurado levanta la cabeza, en el círculo se ríe y charla, el hombre de la sección que se escribe rabiando tiene unas ganas bárbaras de largar la lapicera e integrarse al grupo, pero es imposible, escucha tres palabras y se sumerge nuevamente en el yugo. Las cuartillas entran blancas y salen rápidamente llenas de renglones negros de entre sus manos. El hombre escribe a todo vapor.

Tres personajes en coloquio imperceptible conversan con el secretario de Redacción. Son asuntos graves, pero a la muchachada no le importa un pepino; están acostumbrados a tantos asuntos graves, que ya ninguno por su gravedad vale la pena de dejar que se apague un cigarro. Es curioso cómo en las redacciones de los periódicos se acostumbra el individuo a los «asuntos graves». Treinta muertos. ¡Bah!… no es mucho… podrían haber sido muchos más. ¿Se incendió media ciudad? Bueno, podría haberse incendiado toda. ¿Se desmoronó un puente de ferrocarril con un expreso arriba? Para eso están los puentes, para desmoronarse. Si no, ¿de qué vivirían los fabricantes de puentes? Ha llegado el inventor del movimiento continuo. ¡Que invente el movimiento alternado! El subsecretario charla con un señor de riguroso luto que le ha llevado un libro. Los muchachos miran de reojo al damnificado. En estas circunstancias el damnificado es el subsecretario.

Yo oigo conversar, pero como no entiendo ni medio, miro; sonrío a los que me sonríen y luego sigo en la máquina. Laburo. Oigo que alguien dice:

—Un jornalista aryentino. Vuelvo la cabeza y digo:

—Muyto obrigado.

Y le meto a la Underwood. Lo que ocurre es que a veces a la Underwood no se le ocurre nada que escribir y yo me veo en un apuro, se me acerca el secretario y me da una palmada en la espalda, miro en rededor y me digo:

«Todas las redacciones de todos los diarios del mundo son iguales. Muchachos que escriben con una insuficiencia maravillosa y que disertan fumando un mal cigarro sobre el futuro del universo. Todas las redacciones del mundo son iguales. Gente que mira de mala manera la carilla que para terminarse exige diez minutos más de escritura y redactores que sonríen semiaburridos escuchando a un señor patilludo que trata de complicarles la vida con la revelación de un asunto sensacional. Y, sin embargo, se divierte uno en la maldita profesión. Se divierte porque sólo lo que en los confesionarios se puede escuchar se escucha también en la Redacción».

Fiesta de la abolición de la esclavitud
(Miércoles 14 de mayo de 1930)

Hoy almorzando en compañía del señor catalán a quien no nombraré por razones que ustedes pueden adivinar, me dijo:

—El 13 de mayo es fiesta nacional…

¡Ah!, ¿sí? Y continué echando aceite en la ensalada.

—Fiesta de la abolición de la esclavitud.

—Está bien.

Y como el asunto no me interesaba mayormente, dedicaba ahora mi atención a graduar la cantidad de vinagre que echaba en lo verde.

—La semana que viene, hará cuarenta y dos años que fue abolida la esclavitud.

Pegué tal brinco en el asiento, que la mitad de la vinagrera fue a parar a la ensalada…

—¿Cómo ha dicho? —repliqué espantado.

—Sí, cuarenta y dos años bajo la regencia de doña Isabel de Braganza, aconsejada por Benjamín Constant. Doña Isabel era hija de don Pedro II.

—¿Cuarenta y dos años? ¡No es posible!

—El 13 de mayo de 1888 menos 1930: 42 años…

—Es decir…

—Que cualquier negro de cincuenta años que usted encuentre hoy por las calles ha sido esclavo hasta los 8 años de edad; el negro de 60 años, esclavo hasta los 18 años.

—Entonces: ¿esas negras viejas?

—Fueron esclavas…

—¡Pero no es posible! Usted debe estar equivocado. No será en el año 1788… Vea: yo creo que está equivocado. No es posible.

—Hombre; si no me cree, averigüe por ahí.

En la Asociación

En cuanto terminé de almorzar, me dirigí a la Asociación y pregunté en el mostrador a los muchachos:

—¿Qué fiesta es el 13 de mayo?

—Abolición de la esclavitud.

—¿Cuándo ocurrió eso?

—El 13 de mayo de 1888.

—1888… 1888… 1930… menos 1888… ¡no hay vuelta! 42 años. Pero no es posible… 1888…

—Hombre —dice uno con toda naturalidad— mi padre fue capataz de esclavos…

Yo me he quedado frío y blanco.

—Si necesita datos…

Miro a ese hombre como lo miraría al hijo del verdugo de la cárcel de Sing-Sing; luego, dominándome rápidamente, lo he tomado de un brazo y le he dicho:

—Venga para aquí: necesito hablar con usted. ¿En qué precio se vendía un esclavo?

—Según… variaban mucho los precios, dependía de las localidades, estado físico y aptitudes del esclavo. En San Pablo, por ejemplo, un esclavo costaba dos contos de reis, o sea, seiscientos pesos argentinos; en Minas, el mismo esclavo costaba de 5 a 6 contos de reis. Un esclavo estropeado por los castigos 200 pesos argentinos… Pero no se puede fijar tarifa exacta porque el esclavo no se vendía particularmente. Por ejemplo: usted necesitaba plata, juntaba a sus esclavos y los llevaba al mercado… Lea usted La esclava Isaura de Alencar, un novelista brasileño que pintó muy bien la esclavitud. Bueno, como le decía, llevaban al esclavo al mercado y lo remataban al mejor postor.

Aquí, en Río de Janeiro, el mercado de esclavos estaba en la rua 1.º de Marzo, frente a la droguería de Granado.

Yo escucho como si estuviera soñando.

—¿Y es cierto que los castigaban?

—Sí, cuando no obedecían, con un chicote. Ahora, había facendas donde lo maltrataban al esclavo, pero eran pocas.

(«Castigar con látigo» y «maltratar» es una cosa muy distinta, es decir, que darle veinte o treinta latigazos a un esclavo no era maltratarlo, sino castigarlo).

Los matices

A la noche me encuentro con el señor catalán y le digo:

—¿Es cierto que castigar es una cosa y maltratar es otra?

—¡Y claro, hombre de Dios! Castigar… es decir, el látigo era de uso corriente en todas las facendas para mantener el orden más elemental. Maltratar a un esclavo era, en cambio, suplantar el uso del látigo por el de instrumentos punzantes, cortantes… romperle los brazos a palos, estaquearlo… Como se da cuenta usted, es simplemente una cuestión de matices…

—Sí… ya veo… de matices… ¿Y los patrones?

—¿Los patrones?… Debía ser muy salvaje el que le tocara a un esclavo. ¿Para qué? Si para ello tenían un feitón. El feitón era el capataz de los esclavos, generalmente también esclavo, pero que era liberado del trabajo brutal para hacerlos trabajar a sus compañeros y castigarlos. Ese esclavo era el terror de los otros. Cumplía la orden del amo al pie de la letra. Si le ordenaban darle cincuenta latigazos a un esclavo y este moría en el latigazo numero treinta y nueve, el otro le suministraba los once restantes… Una cuestión de principios, amigo. La obediencia absoluta.

—Es decir que esos blancos viejos, de aspecto respetable que uno encuentra en automóviles particulares…

—Fueron dueños de esclavos. Lea lo que han escrito Alencar y Ruy Barboza…

—Si he ido a las librerías y me han dicho que no había libros sobre la esclavitud.

—Es natural… Yo se los voy a conseguir… pero haga esto: vaya al puerto y converse con algún negro viejo, de esos que usted ha visto componiendo redes…

—¿Y esas negras viejas, tan simpáticas, las pobres?

—También fueron esclavas… Pero vaya y hable…

Y todavía no me he resulto a reportear a un ex esclavo. No sé. Me da una sensación de terror entrar al «País del Miedo y del Castigo». Lo que me han contado me parecen historias de novelas… prefiero creer que lo que escribió Alencar, temblando de indignación, es una historia sucedida en un país de la fantasía. Creo que es mejor.

El que desprecia su tierra

(Jueves 15 de mayo de 1930)

Le voy a dar un consejo: vaya donde vaya y encuentre un compatriota que habla mal de su tierra, desconfíe de él como de la peste. Piense que se encuentra frente a un adulador de la peor especie. Escribo esto porque me ha ocurrido de encontrarme con un argentino que está conchabado en un diario de Río. Y a las primeras de cambio, me ha dicho:

—Este sí que es un gran país. Se estima y honra a las personas de bien.

—Entonces usted debe encontrarse incomodísimo aquí…

—En serio. Desprecio mi país. ¿Qué ha hecho la República Argentina por mí? Nada. No se estima a los talentos. Se los manosea y desprecia. En cambio en Brasil me admiran y respetan, soy amigo de Coelho Netto (una especie de Martínez Zuviría argentino), me carteo con Dantas, Monteiro Lobato me agasaja.

—Si Monteiro Lobato se encuentra en los Estados Unidos…

—Me agasaja por carta…

—Ese es otro cantar. Mas piense que si la gente lo trata como usted dice es porque usted no hace nada más que adularla descaradamente y después porque no lo conoce…

—En cambio en mi país me despreciaban. Ni para ordenanza me querían en ningún periódico. La Argentina, ¡puf! País de mercaderes.

Y de un manotón ha barrido la Argentina del mapa de SudAmérica. Sin inmutarme le he contestado:

—Es curioso. Usted en nuestra ciudad adulaba a cuanta medianía había para que le regalara un traje o un par de botines. Incluso hablaba pestes del Brasil. Aquí procede al revés. A mí no me parece mal que admire al país donde puede comer todos los días; lo que me parece mal es que esté constantemente desprestigiando nuestra patria. Piense que si no lo querían ni para ordenanza en un periódico era porque los directores albergaban la vehemente sospecha de que usted podía escaparse con los bastones y sobretodos que los visitantes dejaban en los percheros. Una cuestión de ética profesional. No es posible andar explicando a cada señor que va a una Redacción: «Señor, traiga su sombrero porque no está con seguridad en el jol».

Por tres razones

Por tres razones sale un hombre de su país. La primera, porque la policía o los jueces tienen interés en conversar amigablemente con él y someter a su entendimiento problemas de orden jurídico: un hombre modesto y enemigo de la popularidad pianta. La segunda razón: porque el que viaja tiene dinero y se aburre en su país y piensa que se va a aburrir menos en otra parte, en lo cual se equivoca. Y la tercera: porque siendo un perfecto inútil, cree que en otra parte su inutilidad se convertirá en capacidad de trabajo.

Cada uno de estos viajeros ve el país que visita con distinto criterio.

El ladrón en el extranjero

«Este sí que es un lindo país para el asalto, el descuido, la furca y el escolazo. Sin embargo, extraño la Argentina. La extraño. ¿Dónde va a encontrar usted un cuadro quinto como el nuestro? ¿En dónde, muchachos de ley como los nuestros, que tanto sirven para "saltar un burro" como para una delicadísima acción de peca?

»¿Y los tiras? Tráigame el país que tenga mejores tiras que los nuestros, muchachos de corazón, de respeto, que sólo lo encanan a uno cuando no tienen diez pesos para parar el puchero y que por cien pesos lo dejan que se alce aunque sea con la misma Caja de Conversión.

»¡Ah, Buenos Aires, patria querida! Tu cuadro quinto honra y pres de SudAmérica. Mi corazón no te olvida porque allí transcurrieron los más tiernos días de mi adolescencia y mocedad, y aprendí a hacerme hombre de ley entre tus rejas roñosas».

El viajero aburrido de su patria

«Yo no niego que Río de Janeiro sea más pintoresco que Buenos Aires. No niego que la salida es espléndida. Pero me aburro lo mismo. Las montañas y los morros están siempre en el mismo lugar y eso no tiene gracia. Además, también en mi tierra hay montañas y estarán allí hasta que el Gobierno no las venda por un plato de lentejas al mejor postor. Me aburro, sí, señores; con toda mi plata me aburro espantosamente. He ido al cabaret y antes de entrar me han advertido que a las "damas" que allí bailan es de rigor tratarlas de "señoritas".

¡Hagan el favor!... Yo no he venido a este país para tratar de señoritas a mujeres a quienes en mi ciudad se las llama "che milonguita". Esto, sin excluir que todas, invariablemente, cuentan una historia sentimental de viudez peregrina, de un esposo amado que murió hace muchos años dejándolas en el estuario, y que no hay una que no diga que se muere por conocer un hombre inteligente, y de que ellas son también inteligentes, al punto que una para demostrarme que lo era extrajo de su cartera unos apuntes de puericultura y el gráfico de temperatura de un infante tratado con arsenobenzol.

»¡Por Dios! Yo no he venido a los cabarets a estudiar obstetricia ni afecciones a la sangre».

El inútil

«Te aborrezco y te desprecio, Buenos Aires. Te desprecio y aborrezco. Has dejado que un genio como yo, por parte de padre y madre y nodriza, venga ignominiosamente al Brasil a ganarse el feyón. Has dejado con indiferencia contumaz que me ausente y venga a deslumbrar a unos negros con mis adulaciones y a convertirme en un vulgar chupamedias de cualquier blanco que tiene crostones en sus faltriqueras. ¡Oh, iniquidad!, ¡oh, parvedad! No te avergüenzas de ello, República Argentina. No pones tus banderas a media asta. Ello pone al descubierto el pedernal de tu corazón. Allá mi almuerzo cotidiano consistía en recorrer las vidrieras de los restaurantes y leerme las listas y establecer estadísticas de precios y archivos de platos, aquí engordo mi humanidad con bananas, porotos y arroz, aquí ceno todos los días que manda Dios. Aquí lloro de admiración frente al Pan de Azúcar; me persigno al mirar el Corcovado y tartamudeo al referirme a la bahía, y me va muy bien, sí señor. Hasta pienso echar un discurso en la academia de literatos... yo que allí ni en la mesa del café podía disertar. Te aborrezco, Buenos Aires, mi odio se hace cada día que pasa más venenoso y enconado a medida que mi piel se pone lustrosa y engordo chupando calcetines».

Así se expresan estos tres tipos de viajeros.

Os mininos

(Viernes 16 de mayo de 1930)

Los mininos no son gatos, ¡eh!... Los mininos son los chicos. Así los llaman en este país. Y sabrán por qué.

Bueno; yo he hecho algunas observaciones curiosas acerca de los mininos. Los mininos son buenos chicos. No diré que cuando les pegan, lloran, como aseguraba el sabio que fue patrón de Gil Blas de Santillana, refiriéndose a los purretes griegos que existían antes de que apareciera Nuestro Señor Jesucristo, pero insisto: he descubierto detalles que demuestran que el minino brasileño es distinto al pibe porteño y al botija oriental, ya que en Uruguay llaman «botija» a los menores. Es una papa. En cada país los mocosos tienen nombre distinto. Pero este de minino es magnífico y dulce. «Ven per cá, minino», le dice la madre al niño cuando le quiere dar el pesto y el pibe raja como gato escaldado.

Gráficos

Ustedes recordarán que yo escribí una nota sobre el señor Bergeret, a quien su esposa le adornaba concienzudamente la frente, mientras que los chicos del pueblo se entretenían en decorar las paredes con la efigie de Bergeret coronada de grandes astas. También recordarán que yo dije que el señor Bergeret calificaba estos dibujos de «grafitos», comparándolos a los descubiertos en las ruinas de Pompeya y Herculano.

También ustedes recordarán que escribí otra nota (posiblemente no lo recuerden porque he escrito ya 694 notas) donde hablaba del infinito placer que experimentan nuestros chicos en decorar las paredes con dibujos que hacen volver la cabeza a las señoras y ruborizan a las parejas de novios que pasan y miran distraídos. Este género de grafito pertenece al pictórico, según las teorías del eximio Bergeret, mientras que aquellos otros grafitos que dicen: «El que me lee es un gil» y otras finezas de imposible reproducción, pertenecen al género literario.

Indiscutiblemente que en el género pictórico (como en el literario), hay casos teratológicos, monstruosidades de imaginación infantil que espantarían a un cínico, a los poetas en ciernes y a Goyas en embrión. Para el observador inteligente se destacará el siguiente detalle, que deja de serlo para convertirse en realidad mayúscula. Las inscripciones o grafitos más desvergonzados se encuentran en las proximidades de las escuelas, lo cual demuestra que la instrucción ejerce efectos saludables sobre el alma infantil.

El material que emplean nuestros purretes para llevar a cabo sus obras artísticas es el tizón y el carbón, los lápices de colores y las tizas que roban en las clases.

Los mininos

Inútilmente, tan inútilmente como un viajero buscaría un pino en el Sahara o un banano en el Polo, yo he buscado por estas calles de Dios los grafitos que puedan ilustrarme acerca de la mala palabra brasilera o de la imaginación infantil.

He merodeado por escuelas del suburbio, por los barrios obreros, por las callejuelas oscuras y sucias como guetos; he andado por los morros y los recovecos más absurdos, por los rancheríos, donde viven negros que más que hombres parecen babuinos; por el arrabal, por los barrios burgueses, por las ruas empinadas de las islas, y en ninguna parte he encontrado esos notables grafitos que nos muestran un señor con cuernos saliendo por encima de su sombrero, o realizando actos más graves para la imaginación infantil. Tampoco he encontrado aquellas inscripciones que enternecerían a un arqueólogo y que rezan más o menos así: «Fulano es un tal por cual», o si no: «Yo soy un…» y que están destinadas a insultar al que las lee.

Dicho fenómeno me ha asombrado profundamente. He consultado a algunas personas sobre el particular y me han contestado que aquí no se estila decir malas palabras, lo cual es muy posible, porque desde que estoy en Río no he oído todavía una andanada mal sonante ni entre los fulanos que descargan pescado en la orilla del puerto.

Tampoco se gasta la terminología que usan nuestros diputados y senadores los días que salta la bronca, ni las metáforas que en los matches de box matizan el ambiente cultural que las anima.

Mas, volviendo a los mininos, es de asombrarse. Si me lo hubieran dicho no lo creyera; pero, después de deambular concienzudamente en busca de estas muestras de arte infantil popular y no encontrarlas, me he convencido que el minino brasilero es cien mil veces más educado que nuestros purretes y cien mil veces menos retobado que el botija uruguayo.

El fenómeno se explica. Los chicos son o reciben el influjo de los mayores y del ambiente que los rodea. Y aquí la educación está tan impuesta aún a las clases más pobres que, como en otra nota decía, los vendedores de diarios son señores, respecto a nuestros canillitas.

Renuncie usted a encontrar el tipo forajido y perrero que da lustre y prestigio a nuestra ciudad burrera y estupenda. Renuncie usted a ese diálogo chispeante de gracia y literatura que se entable entre un motorman neurasténico y un carretero semiborracho; renuncie a esas indirectas que en los inquilinatos se dirigen dos comadres desmechadas y furiosas. Renuncie al grafito, a la inscripción que Anatole France consideraría reproducción de una inscripción grecolatina; renuncie al chamuyo lunfardero, bravo, procaz, cabrero, afilado y puntiagudo como una faca. Aquí se fala dulcemente o no se habla.

¡Qué le vamos a hacer! Así es el Brasil.

Espérenme, que llegaré en aeroplano

(Miércoles 21 de mayo de 1930)

Hoy, día 14 de mayo, he recibido dos telegramas. Uno de mis compañeros y director felicitándome porque me habían concedido el tercer premio, 2000 pesos, en el Concurso Literario Municipal, por mi novela Los siete locos, y otro participándome que la empresa Nyrba gentilmente me había regalado un pasaje para ir de Río a Buenos Aires en hidroavión.

Precisamente media hora antes de que llegaran estos dos telegramas habíamos estado comentando en la Asociación el desastre ocurrido en un avión que se dirigía de Buenos Aires a Río, desastre ocurrido el día 9 (juéguele a la quiniela).

El caso es que recibí los dos telegramas, los leí de pies a cabeza y me dirigí a la Nyrba. Si me permiten, les reproduzco el dialogo con el jefe de la sucursal:

—Estimado señor: el telegrama dice que yo tengo que salir mañana, quince, pero como no tengo los papeles en orden…

—¡Ah! No es nada: sale el 21.

Fue tal el gesto de: «¡Ah! No es nada», que yo, involuntariamente, lo interpreté como si quisiera decir: «¡Hombre, tanto apuro!».

—¿Y son seguros los hidroaviones? (¡Qué pregunta!).

—Segurísimos…

—¿Y el desastre reciente?

—No era hidroavión… Era avión… El hidroavión flota en las aguas, lo cual significa, bien interpretado, que si el aparato cae, en vez de hacerse uno múltiples pedazos y subpedazos, se ahoga como un perro, «un macabeo al jugo», como dicen los ladrones marselleses.

Y a mí esto me desilusiona. Seamos francos. Si uno revienta ahogado lo pescan tranquilamente o no lo pescan. Y dicen los periódicos: «desapareció». Y quien desaparece deja siempre en el ánimo de los otros la esperanza de que puede aparecer. En cambio, si el aparato cae en tierra no cabe duda, uno se destroza en toda buena ley. Los periódicos, que explotan la nota truculenta, escriben entonces: «Los cadáveres estaban tan destrozados que hubo que juntar los fragmentos del cuerpo de nuestro compañero de tareas con pinzas, labor ardua esta, porque la masa encefálica había tornado resbaloso el pasaje y los obreros patinaban de continuo en el terreno impregnado de materia gris».

Y claro está, uno tiene la inmensa satisfacción de saber que, aun estando bien muerto, le da qué hacer a sus prójimos.

Y el premiado

Lo único que lamento es no conocer los nombres del 1er. y 2do. premio.

Porque entonces de inmediato podría, aunque me encuentro a 3000 kilómetros de Buenos Aires, imaginar los chismes y comentarios de los damnificados, es decir, de todos los que no han sido premiados. ¡Qué plato que me pierdo! ¡Dios mío, qué plato! Yo los conozco a casi todos «los queridos amigos».

¡Qué plato que me pierdo!

Ahora volviendo al premio, diré que estoy sumamente extrañado de que me hayan premiado. En nuestra ciudad siempre los terceros premios han sido reservados para los mejores prosistas; ejemplos: Elías Castelnuovo, tercer premio; González Tuñon, tercer premio; Álvaro Yunque, tercer premio. El tercer premio es la comida de las fieras, no hay candidato a premio que no diga: «Yo me conformo con el tercer premio» y al final de cuenta son tales los líos que se arman para repartir el tercer premio, que la gente se asombraría si los conociera. Además la tarea de los jurados es poco grata. No hay señor que no saque tercer premio, que no se sienta con derecho a despotricar contra el jurado.

Yo, que soy un filósofo cínico sobre todas las cosas, diré que el fallo del jurado me ha dejado, más que tranquilo, satisfecho. Por estas razones:

1.º Porque podían no haberme dado ningún premio.

2.º Porque al concurso no fui a buscar prestigio (que lo tengo de sobra), sino plata y plata me han dado.

3.º Porque así es la vida y ningún hombre puede ser más feliz, porque en vez de darle dos mil pesos le han dado tres o cinco mil que es el máximo premio.

Supónganse ustedes que viajando de Río a Buenos Aires el hidroavión se vaya al fondo del mar. Yo por una estúpida codicia habría perdido la satisfacción de haber recibido un premio. Después, todos nosotros, los del oficio, sabemos a conciencia qué es lo que merecemos y lo que no merecemos. Y, qué diablo; si uno trabaja escribirá buenos libros, porque para eso tiene condiciones y voluntad. Y si llega un mayor premio lo recibirá con igual tranquilidad, porque tanto es lo que puede soñar un hombre, que la vida pocas veces con la realidad puede superar sus sueños y la satisfacción que estos proporcionan.

De manera que recibiré mis pesos, seguramente habrá banquetes de autores a los que no pienso concurrir, porque los banquetes me aburren, y más aún las necedades que dicen los que al final de ellos se han embriagado, y nuevamente todos los que no han sido premiados se apresurarán a recopilar un libro de cualquier cosa para tentar la aventura en el «concurso que viene».

¡Ah! Habrá también retratos en las revistas, literatas o pseudoliteratas que le escribirán efusivas felicitaciones a los autores: algún que otro señor que le pedirá el libro premiado con una dedicatoria; y uno, frío, indiferente a todo, sonreirá amablemente a la gente, que después de estrecharle la mano se irá pensando:

—Es una iniquidad que le hayan dado un premio, habiendo tantos otros que lo merecen más que él.

Y así es la vida, y la prueba de que creo que es así de fea y estúpida la vida está en que viajaré en hidroavión.

Viaje a Petrópolis

(Jueves 22 de mayo de 1930)

Aún no termino de explicarme debido a qué motivos el viaje a Petrópolis es tan barato: dos horas de tren por ocho mil reis, o sea, dos pesos cuarenta.

Tanto me habían hablado de las bellezas de ese viaje que, a pesar de mi desconfianza para todo aquello que es motivo de elogios, resolví perder un día y lo único que le diré es lo siguiente: si algún día pasa por Brasil y dispone de un tiempo, no deje de hacer el viaje Río de Janeiro - Petrópolis. Es, sencillamente, impresionante.

La primera hora

Se toma el tren en una pequeña estación moderna, bastante parecida a nuestra estación de Plaza Once. Limpia, confortable, bonita. Saca usted boleto y, al retirarlo, tiene que entregarlo en otra taquilla para que le pongan el número del asiento, ya que los coches de primera, en los viajes largos, llevan asientos numerados. Sin embargo, los vagones no responden a ese lujo del asiento numerado. Son viejos y roñosos hasta decir basta. Pero a todo se acostumbra uno.

A los quince minutos de viaje, el tren entra en una diagonal que abandona el suburbio obrero, por donde corre otra línea, y empieza… Aquí están las dificultades de la descripción. En una libreta tomé apuntes para evitar esa confusión que se presenta cuando el paisaje varía de continuo como aquí.

Un ardiente cielo de añil. Abajo, pantanos; en el fondo, erguidas, dos palmeras: el tronco alto, el plumero cayente. Pájaros extraños arrancan de entre los pastizales. Aparecen montes cubiertos de plantas, el bosque arrecia instantáneamente y, de pronto, en una picada, se ve, por entre los claros del verde, cruzar a un negro que lleva sobre la cabeza un haz de leña cortada.

El tren rechina infernalmente. De pronto, un monte que parece construido con tubos de piedra, prensados; chorros que escapan hacia arriba. Este órgano de granito comienza por un amarillo ocre, luego, la piedra adquiere tonalidades de granate y borravino; es maravilloso: desaparece y los pastizales se suceden; un recodo de agua, una cabaña de negros, dos piraguas bajo un cobertizo. Más allá aparece el modelo de una cabaña sin terminar. El armazón está hecho de cañas, los retículos que forman los entrecruzamientos se rellenan de barro. A lo lejos, entre una caries azul de montaña, se levanta un obelisco de piedra; corre el tren y árboles de hojas escarlata y verde, si se mira con atención, se descubre entre los troncos un espejo negro: es el agua. Una invisible llanura de agua cubierta por el bosque. Aparecen caminos estrechos, abiertos con hacha entre los árboles, caminos acolchados de ramas, por donde andan oblicuamente negros de sombrero campanudo. Kilómetros de flores blancas, paralelas a la vía: son lirios de agua. Se levantan los ojos y la montaña aparece próxima como una gran amenaza. Islotes de llanura cubiertos de bananeros, que son como plantas de maíz, de grueso tronco y hojas anchas con bordes en zig zag. Una negra vestida de blanco aparta las ramas y enmarca su rostro de chocolate entre vegetales abanicos verdes. Su mano saluda al tren que pasa. ¿Dónde empieza el agua y termina la tierra? No se sabe.

Donde luego se explica algo

El tren se detiene en una estación. Catervas de chicos descalzos, de parpados enrojecidos, rodean los coches maullando como gatos:

—Miau… miau… —hacen.

Alguno ofrecen frutas que parecen cánceres y cachos de bananas, y el otro insiste:

—Miau… miau…

El viajero piensa: «¡Vaya la forma que tienen de divertirse estos chicos!».

El tren se pone en marcha y los maullidos se redoblan. En otra estación ocurre lo mismo; antes de detenerse el tren, estallan en sus oídos desesperados maullidos de gatos: «Estos chicos se burlan de nosotros —usted piensa—, nos están llamando "gatos"». Y si pregunta a algún conocedor del paraje qué es lo que sucede le contestará:

—Con esos gritos piden que les regalen los diarios que los pasajeros han leído.

Usted queda satisfecho. ¡Ah! No les tire nunca una moneda a estos chicos y, si lo hace, tírela a buena distancia de los rieles. En cuanto se les tira una moneda, van a buscarla debajo de los vagones, aunque caminen.

El cielo se ha hecho invisible de tanto humo como echan las locomotoras.

El convoy se ha puesto en marcha, usted mira adelante y los vagones parece que caminan solos. La locomotora, desde atrás, empuja los coches. Entre las dos vías aparece un tercer riel dentado: la cremallera. El convoy sube, a sus pies se abren precipicios escalofriantes; una ventana entre dos altos conos de piedra, y allá lejos, el mar, que parece estar colocado a una altura prodigiosa; y, entre la línea del mar y usted, una profundidad infinita, oscura, tormentosa. En ese momento usted comprende lo que es viajar en avión. Abajo, el paisaje tiene cuadriculados de fotografía aérea. El mar está cada vez más alto; entre usted y el mar hay siempre un ángulo de profundidad espantosa. Usted mira la cara de los pasajeros: todos los que nunca han viajado en esa línea se miran; algunos han cerrado los ojos o se acurrucan en los asientos; llega la noche, la máquina de cremallera lanza pequeños silbidos de moribundo, los vagones rechinan y se continúa ascendiendo. Las crestas de los montes quedan, sucesivamente, abajo, en semicírculo; aquellos que eran altos conos son ahora pequeños valles; el cielo está azul; de pronto, un rayo estalla desde un ángulo imprevisto, una nube color de barro cubre los picos y una catarata de agua se desprende de las alturas. La máquina de cremalleras jadea horriblemente. Abajo, muy abajo, un trapecio de lámparas eléctricas —¡vaya a saber a qué distancia!—. La piedra, en la noche, tiene, al estallar los rayos, el color de la piel del león; el agua golpea en los cristales; una curva, nuevamente cielo azul, la tormenta ha quedado en un socavón, en el lugar donde antes estaba la taciturna y alta línea del mar, aparece una espectral recta amarillenta, oblicua: son las luces de Río de Janeiro.

El convoy se detiene. Estamos en el Alto da Serra. Las pequeñas máquinas de cremallera desenganchan. Un negro, galoneado, da órdenes. Falta media hora para llegar a Petrópolis. El terreno es liso, ahora.

Diario del que va a viajar en aeroplano
(Jueves 29 de mayo de 1930)

Yo seré todo lo reo que ustedes quieran, pero tengo una noción perfecta de lo que significa ser periodista y como además de periodista soy hombre y como hombre sujeto a posibilidad de muerte violenta, hoy día 18 de mayo, domingo en Buenos Aires y prima feira aquí en Brasil, doy comienzo a este breve diario de un fulano que tendrá que viajar 17 horas en hidroavión.

Domingo 18

17 horas por 60 minutos igual a 1020 minutos, por 60 segundos, 61 200 segundos… vale decir que tengo 61 200 probabilidades de llegar contra 61

200 probabilidades de no llegar. Altura: realmente me impresiona caer desde la altura, pero tanto estira las cuatro, cayendo uno de cinco metros como desde mil metros. Realmente, la lógica es una papa.

Fantasía: hemos caído al mar. Yo le mando este radiotelegrama a mi director: «Hemos quedado en el estuario. Hay un inglés que lee la Biblia, una señora que da pena ver y un periodista que se siente antropófago. S. O. S.».

Realidad: faltan cuatro, no, tres días. Lunes, martes, miércoles, el jueves a las seis nos embarcamos, nos hidroaviamos, quiero decir. ¡Lo que es el destino!

Experimento. Porque viajo en avión. Para comprobar si Freud tiene razón. Freud dice que los sueños encierran verdades telepáticas, a veces. Pues bien, yo hace quince días que no sueño nada más que cosas horribles y mortuorias. Si ocurre un accidente en el avión, Freud y los sueños tendrán razón, y si no ocurre ningún accidente, quiere decir que Freud macanea refiriéndose al «presentimiento» y que los sueños no son nada más que la consecuencia del temor subconsciente.

Lunes 19

¿Por qué será que las cosas nuevas interesan el primer día y luego se acabó el interés? No sé por qué barrunto que el viaje ha de ser un opio. Hoy me decía un señor que los aviadores de la Nyrba estaban sometidos a un régimen especial y severo, por ejemplo no les está permitido trasnochar, ni frecuentar bodegones, ni cosas por el estilo. Al estilo de los aprendices de santos, deben vivir casta y recatadamente.

Fui al Departamento de Policía a visar mi pasaporte. En el Departamento de Policía encontré el mismo orden que en el jardín zoológico. Incluso negros que venden tortas fritas, no afuera del departamento, sino adentro. Un ordenanza y un empleado de investigaciones casi se dan de patadas en mi presencia por disputarse el honor de hacer visar mi pasaporte. Por fin el ordenanza se fue, pasamos a oficinas con cortinados que representan el escudo del Brasil o la bandera. Para hacer honor al país, la suciedad que allí había era tropical. A cada momento me acordaba del jardín zoológico. Le di 5000 reis de propina al empleado que abrevió los trámites, quien me acompañó hasta la puerta… Su obsequiosidad era tanta que si lo dejo me acompaña hasta el restaurante, pues era hora de yantar.

Miércoles 21

Hoy he recibido una noticia desagradable. La salida del avión ha sido postergada para el día 25. Parece que en el Mar Caribe ha habido una tempestad de muy padre y señor nuestro, y si el Diablo no se opone estaremos en Buenos Aires el día 26.

Viernes 23

Nueva postergación. El avión no saldrá para Buenos Aires sino el día 29. Según parece, los aparatos están maltrechos de la fajina a que los sometió la tempestad desde Nueva York a Río de Janeiro. Una papa… quiero decir… un «macabeo al jugo» en fija. Para desaburrirme he gastado 28 mil reis y he comprado la Historia de la conquista de Nueva España, de Bernal Díaz de Castillo, soldado que fue acompañante de Hernán Cortés y que se escribió dos volúmenes de 500 páginas cada uno.

Curiosidad

Sueños macabros, aviones que no pueden salir debido a las tormentas por las que pasaron; nunca en la vida he tenido más curiosidad que ahora: ¿ocurrirá o no un accidente?

Ustedes se darán cuenta de que es una cuestión puramente científica. Si no ocurre nada, los sueños han sido consecuencia de malas digestiones, pero si ocurre algo, ¿qué importancia científica o de «presentimiento verdadero» cabe dar a los sueños? Incluso, ahora, recuerdo que hace un montón de noches soñé con un amigo que murió ahogado en un accidente en el Río de la Plata; fue una tragedia de la que se habló mucho. El ahogado se llamaba Trainor, lo acompañaba otro muchacho de apellido Fabre. Indudablemente que ser actor de una aventura así no es humorístico ni mucho menos, pero de cualquier modo al fiambre le queda el hermoso consuelo de pensar al dar las últimas boqueadas: «No me equivocaba. Freud tiene razón».